考試不失分

破解

最常用錯的

英文片語

陳信宇－著

User's Guide 使用說明

用1000個英文片語,精確清楚表達語意,同時大幅增進閱讀能力!

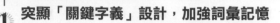

① **突顯「關鍵字義」設計,加強詞彙記憶**

每一組的片語,將主要字義以跳脫方式呈現,強化進入眼球的深刻印象,還能帶動學習興趣,記片語更生動有效。

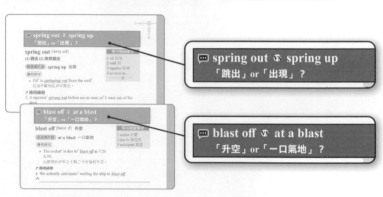

② **必學片語+易混淆片語並列學習,避免誤用**

嚴選1000組最常使用的必學英文片語,除列出其音標以及常用中文解釋外,適時的補充其混淆片語,讓學習者避免片語的誤用,日常能精準表達,考試也不失分。

3 翻譯練習題，反饋學習，記憶也更深刻

每一個關鍵片語裡特別設計一練習題，學習者可利用練習將句子英翻中，測試一下白己是否真的掌握了片語在句子裡表達的意義，即時反饋，亦能有效增進閱讀能力。

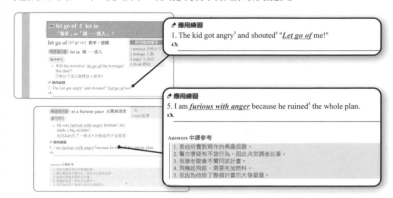

4 重要單字一併學習，同步提升字彙量

列選每一個句子中較關鍵或必學單字，除有助於對句子的理解，也能幫助學習者在閱讀時能更準確、更輕鬆精準理解其意，並大量擴增單字量！

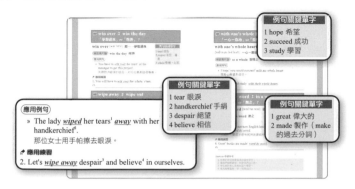

Preface 作者序

　　還記得以前唸國中的時候，老師要我們開始背英文片語……在當時，對於片語的由來與典故不甚了解，有些片語明明是簡單的單字所組合而成，但其意思卻不是照我所理解的單字意思來翻譯；甚至反覆讀了好幾遍，還是不太能明白其真意，好似這個英文片語跟中文解釋完全搭不上邊……因此，只能死記硬背，效果當然很差。

　　另外，你是不是也曾經疑惑：明明都背了不少的7000英單或是6000英單，但為什麼遇到考試，還是很容易被題意混淆失分，或是閱讀測驗拿不到高分？殊不知，不論學測、英檢或是多益等各項考試，除了單字，**「英文片語」才是搶分的終極關鍵！**

　　因此在這一本《考試不失分，破解最常用錯的英文片語》一書裡，即收錄了「英文必學」以及「各大考試需具備的片語能力」，共計1000個關鍵片語，來幫助讀者們好好的把片語學好。除了整理出1000組的易混淆片語之外，重要的是，利用完整例句明確點出片語在句中的正確位置與用法，協助準確地使用片語之外，進一步再利用翻譯練習題立即反饋所學、加深記憶，不再只是單向的死記硬背。如此一來，學習者不僅能更了解外國人的語言邏輯以及片語運用方式，提升生活中的表達能力，亦能用片語同步加強閱讀力，對考試大有助益！是一本真正符合日常、考用，兩相宜的英文片語書，希望讀者們都能受益無窮。

　　在英文學習路上，我深深覺得：語文的學習真是學無止盡的！望各位都擁有取之不盡、用之不竭的好奇心，才能一直充滿動力地在學習的路上不斷前進，擁有成果。

Contents 目錄

Level 1

Basic Phrases

基礎片語

A — 乚

💬 A appeal to B 🆚 sth. appeal to sb.
「求助」 or 「引起興趣」？

A appeal to B [e ə'pil tu bi]

A 向 B 求助

（易混淆片語）**sth. appeal to sb.** 某事引起某人的興趣

（應用例句）

» You should have ___appealed to___ the police for help when the accident[1] happened[2].
當事故發生的時候你應該向警察求援的。

📝 應用練習

1. He ___appeals to___ me for help whenever[3] he is in trouble[4].

🖒

例句關鍵單字
1 accident 事故、意外
2 happen 發生
3 whenever 每當、無論什麼時候
4 trouble 麻煩

💬 according to... 🆚 according as
「根據」哪一個？

according to... [ə'kɔrdɪŋ tu] 根據……

（易混淆片語）**according as** 根據……而……

（應用例句）

» ___According to___ the report[1], no journalist[2] was injured in Haiti.
根據報導，在海地無記者傷亡。

📝 應用練習

2. ___According to___ what the witness[3] said, that man can't be the murderer[4].

🖒

例句關鍵單字
1 report 報導
2 journalist 記者
3 witness 目擊者
4 murderer 殺人兇手

💬 achieve the goal ⓥ a great achievement
達成「目標」or「成就」?

achieve the goal [əˈtʃiv ðə gol] **達成目標**

1 hard 努力的
2 partner 搭檔、夥伴
3 life 人生

(易混淆片語) **a great achievement** 一大成就

(應用例句)

» You can ***achieve the goal*** by working hard[1] with your partner[2].
你和你的搭檔只要努力工作就能達成目標。

↗ 應用練習

3. The old man didn't ***achieve the goal*** all his life[3].

🖑

💬 add oil to the fire ⓥ oil and vinegar
「火上加油」or「截然不同」?

add oil to the fire [æd ɔil tu ðə faɪr]
火上加油

例句關鍵單字

1 through 通過、穿過
2 a lot 很多
3 talk 講話

(易混淆片語) **oil and vinegar** 截然不同的東西

(應用例句)

» Don't ***add oil to the fire***. She has been through[1] a lot[2].
不要再火上加油了。她承受的已經夠多了。

↗ 應用練習

4. If you talk[3] to them now, you will ***add oil to the fire***.

🖑

💬 add to ⓥ add up   「加上」or「合計」？

add to [æd tu] 加上

(易混淆片語) add up 合計

1 weather 天氣
2 difficulty 困難
3 visit 拜訪
4 trouble 麻煩

(應用例句)

» The bad weather[1] ***adds to*** their difficulties[2].
壞天氣增加了他們的困難。

↱ 應用練習

5. I hope our visiting[3] won't ***add to*** your troubles[4].
🖎

💬 advise sb. against V-ing ⓥ advise with sb. on sth.   「勸」or「商量」？

advise sb. against V-ing

[ədˈvaɪs ˈsʌmˌbɑdɪ əˈgɛnst] 勸某人不要……

例句關鍵單字

(易混淆片語) advise with sb. on sth. 和某人商量某事

1 family 家人
2 marry 結婚
3 speculate 投機
4 stock 股票

(應用例句)

» Her family[1] all ***advise her against*** marrying[2] too early.
她的家人都勸她不要太早結婚。

↱ 應用練習

6. I ***advise him against*** speculating[3] in the stock[4] market.
🖎

Answers 中譯參考

1. 他每次有麻煩的時候都來向我求救。
2. 根據目擊者的描述，那男人不可能是殺人兇手。
3. 那位老人一生都沒能實現他的目標。
4. 如果你現在跟他們講話，只會火上加油。
5. 希望我們的拜訪沒有給你添麻煩。
6. 我勸他不要去炒股。

💬 afford to buy sth. 🆚 can't afford to waste sth. 「買得起」or「浪費不起」?

afford to buy sth.

[əˈford tu baɪ ˈsʌmθɪŋ] **買得起某物**

易混淆片語 can't afford to waste sth.
浪費不起

應用例句

» Not everyone[1] can ***afford to buy*** iPhone.
不是所有的人都買得起一款 iPhone 手機。

↗ **應用練習**

1. Most young[2] people can't ***afford to buy*** a house[3].
🖎

💬 after all 🆚 all in all 「畢竟」or「總之」?

after all [ˈæftɚ ɔl] **畢竟**

易混淆片語 all in all **總之**

應用例句

» I forgive[1] him because he is my only brother[2] ***after all***.
我原諒了他，因為他畢竟是我唯一的哥哥。

↗ **應用練習**

2. We have no evidence[3] ***after all***, so we have to release[4] this man.
🖎

💬 after the fashion of ⓥⓢ look after
「模仿」or「照料」？

after the fashion of
[ˈæftə ðə ˈfæʃən ɑv] **模仿、跟……一樣**

(易混淆片語) **look after** 照料、照顧

(應用例句)

» It is a story[1] ***after the fashion of*** O. Henry.
這是一個模仿歐亨利的故事。

↪ 應用練習

3. The writer[2] is not willing[3] to write a novel[4] ***after the fashion of*** Allan Poe.

🖎

例句關鍵單字
1 story 故事
2 writer 作家
3 willing 願意的
4 novel 小説

💬 against all odds ⓥⓢ against one's will
「不計成敗」or「違背心意」？

against all odds [əˈgɛnst ɔl ɑds]
不計成敗、不顧一切

(易混淆片語) **against one's will**
違背心意、假裝

(應用例句)

» We must finish[1] this arduous[2] task[3] ***against all odds***.
我們必須不計成敗地去完成這項艱鉅的任務。

↪ 應用練習

4. They finished this project[4] on time ***against all odds.***

🖎

例句關鍵單字
1 finish 完成
2 arduous 艱鉅的
3 task 任務
4 project

Answers 中譯參考
1. 大部分的年輕人都買不起房子。
2. 我們畢竟沒有證據，因此得釋放這個人。
3. 這名作家不願模仿愛倫坡所寫的小説。
4. 他們不顧一切地按時完成了該項工程。

💬 aim at ⓥ aim high 「瞄準」or「胸懷大志」?

aim at [em æt] 瞄準

易混淆片語 aim high 胸懷大志

應用例句

» He doesn't understand[1] why he *aimed at* the rabbit[2] but missed.
他不明白為何自己瞄準了兔子卻沒有將牠打中。

⤴ **應用練習**

1. I need someone to teach[3] me how to *aim at* the prey[4].
🖎

例句關鍵單字

1 understand 明白、理解
2 rabbit 兔子
3 teach 教
4 prey 獵物

💬 all of a sudden ⓥ sudden attack 「突然」or「襲擊」?

all of a sudden [ɔl ɑv ə ˈsʌdn̩] 突然

易混淆片語 sudden attack 襲擊

應用例句

» *All of a sudden* the audiences[1] all became silent[2].
所有的觀眾突然間都沉默了。

⤴ **應用練習**

2. *All of a sudden*, I understood what my best[3] friend[4] had said.
🖎

例句關鍵單字

1 audience 觀眾
2 silent 沉默的
3 best 最好的
4 friend 朋友

💬 all the time 🆚 from time to time

「一直」or「有時」？

all the time [ɔl ðə taɪm] 一直

例句關鍵單字

(易混淆片語) **from time to time** 有時、不時

1 teacher 老師
2 poor 貧窮的
3 rain 下雨

(應用例句)

» The teacher[1] is said to help these poor[2] kids for nothing ***all the time***.
據説這名老師一直在無償幫助這些貧窮的小孩們。

✦ 應用練習

3. It rains[3] ***all the time***, so I can't go out.

🖎

💬 an amount of 🆚 in amount

「相當數量的」or「總之」？

an amount of [æn əˋmaʊnt ɑv] 相當數量的、一些

例句關鍵單字

(易混淆片語) **in amount** 總之、總計

1 send 寄送
2 receive 收到
3 elder sister 姐姐

(應用例句)

» My parents send[1] me ***an amount of*** $150 every month.
我爸媽每月寄給我 150 美元

✦ 應用練習

4. I received[2] ***an amount of*** money from my elder sister[3].

🖎

Answers 中譯參考

> 1. 我需要有人來教我如何瞄準獵物。
> 2. 突然間，我明白了好友所説的話。
> 3. 一直下雨，所以我無法出門。
> 4. 我收到了姐姐寄過來的一筆錢。

💬 announce the result 🆚 announce oneself as... 「宣布結果」or「自稱為」?

announce the result

[ə`naʊns ðə rɪ`zʌlt] **宣佈結果**

1 expert 專家
2 promise 答應、承諾
3 election 選舉
4 within 之內

(易混淆片語) **announce oneself as...**

自稱為……

(應用例句)

» The experts[1] won't ***announce the*** test ***result*** until next week.
專家們要到下週才能宣佈檢測結果。

➔ 應用練習

1. They promise[2] to ***announce the result*** of the election[3] within[4] a week.

🔊

💬 apply to 🆚 apply one's mind to 「申請」or「專心」?

apply to [ə`plaɪ tu] **申請**

例句關鍵單字

1 MIT 麻省理工學院
2 government 政府
3 grant 補助金

(易混淆片語) **apply one's mind to**

專心於……

(應用例句)

» He hasn't decided when to ***apply to*** MIT[1].
他還沒決定何時申請麻省理工學院。

➔ 應用練習

2. I've ***applied to*** the local government[2] for a grant[3] this year.

🔊

💬 argue about ⚥ argue against
「辯論」or「反駁」？

argue about [ˈɑrgjʊ əˈbaʊt] **辯論、爭論某事**

(易混淆片語) **argue against** 反駁

(應用例句)

» They often ___*argue about*___ money[1] after they were married[2].
結婚之後他們經常為錢的事爭吵。

✍ 應用練習

3. It is meaningless[3] to ___*argue about*___ trifles[4] every day.

✍

例句關鍵單字
1 money 錢
2 married 婚姻的、已婚的
3 meaningless 無意義的
4 trifle 瑣事

💬 around the corner ⚥ look around
「在轉角處」or「四處看看」？

around the corner [əˈraʊnd ðə ˈkɔrnə]
(1) 在轉角處 (2) 快來臨了

(易混淆片語) **look around** 四處看看、觀光瀏覽

(應用例句)

» The nearest[1] post office[2] is just ___*around the corner*___.
最近的郵局就在轉角處。

✍ 應用練習

4. I am sure[3] that good luck[4] is just ___*around the corner*___.

✍

例句關鍵單字
1 nearest 最近的
2 post office 郵局
3 sure 確信的
4 luck 運氣

Answers 中譯參考

1. 他們承諾在一週內宣佈選舉結果。
2. 我今年已向當地政府申請補助金了。
3. 每天為瑣事而爭論不休毫無意義。
4. 我敢肯定好運就要來臨了。

💬 arrange for... ✖ arrange with sb. about sth.　「安排」or「商定」？

arrange for... [əˈrendʒ fɔr]　為……安排

(易混淆片語) arrange with sb. about sth.
　　　　　　與某人商定某事

(應用例句)

> I have asked the secretary¹ to **_arrange for_** a room.
> 我已請祕書安排房間了。

📌 **應用練習**

1. Please **_arrange for_** a car to pick² me up before I arrive³ at the railway⁴ station.
　🔊

💬 as a rule ✖ rule out　「通常」or「排除」？

as a rule [æz ə rul]　通常

(易混淆片語) rule out　排除

(應用例句)

> **_As a rule_**, you can cross¹ the street when the traffic lights² are green.
> 通常你可以在紅綠燈轉為綠色時穿行馬路。

📌 **應用練習**

2. **_As a rule_**, I can reach³ my company within half an hour by subway⁴.
　🔊

💬 as straight as an arrow ⓥ go straight
「筆直」or「筆直走」

as straight as an arrow

[æz stret æz æn `æro] 筆直

例句關鍵單字

1 road 路
2 rarely 很少
3 traffic jam 塞車

(易混淆片語) go straight 筆直走、直接去

(應用例句)

» The road[1] is ***as straight as an arrow*** and there are rarely[2] any traffic jams[3].
那條路很直，很少塞車。

↪ 應用練習

3. Drive ***as straight as an arrow*** and you'll find the store at the end of the road.

🖐 _____

💬 as you please ⓥ be pleased to do sth.
「隨你喜歡」or「樂意做」

as you please [æz ju pliz] 隨你喜歡

例句關鍵單字

1 spend 花費
2 earn 賺
3 adult 成年人

(易混淆片語) be pleased to do sth. 樂意做某事

(應用例句)

» You can spend[1] what you earn[2] ***as you please***.
你愛怎麼花自己賺的錢就怎麼花。

↪ 應用練習

4. As an adult[3], you can not do things ***as you please***.

🖐 _____

Answers 中譯參考

1. 請在我到達火車站之前安排一輛車來接我。
2. 通常來講，我乘坐地鐵到公司只需不到半小時的時間。
3. 直直地開下去，你會在路的盡頭找到那家商店。
4. 作為一個成年人，你不能想怎麼樣就怎麼樣。

💬 at / by sb.'s command 🆚 has...command of...   「受某人指揮」or「掌握」

at / by sb.'s command
[æt / baɪ ˈsʌmˌbɑdɪs kəˈmænd]
奉某人之命、受某人指揮的

(易混淆片語) has...command of...
有使用或控制某事物的能力、
掌握

(應用例句)

» The soldiers[1] are all ***at the King's command***.
士兵都受旨於國王。

📌 應用例句

1. The ship[2] left the waters ***by the admiral's command***.
🖑

💬 at dawn 🆚 from dawn till dusk
「拂曉時」or「從早到晚」

at dawn [æt dɔn] 拂曉時

(易混淆片語) from dawn till dusk 從早到晚

(應用例句)

» The ship will leave[1] the harbor[2] ***at dawn***.
這艘船將在拂曉時分離開港口。

📌 應用練習

2. The man left his home ***at dawn*** without disturbing[3] anyone.
🖑

💬 attempt to 🆚 attempt on / at
「試圖」or「企圖」

attempt to [əˈtɛmpt tu] 試圖

(易混淆片語) attempt on / at （某方面的）企圖

(應用例句)

> He ***attempts to*** help[1] this poor girl with his poor salary[2].

他試圖以自己微薄的工資來幫助那個貧窮的女孩。

例句關鍵單字
1 help 幫助
2 salary 工資、薪水
3 learn 學習
4 knowledge 知識

✒ 應用練習

3. She ***attempts to*** learn[3] all the knowledge[4] of her teacher.

🖎

💬 attract sb.'s attention 🆚 be attracted to sb. 「引起注意」or「被吸引」

attract sb.'s attention
[əˈtrækt ˈsʌmˌbɑdɪs əˈtɛnʃən]
引起某人的注意

(易混淆片語) be attracted to sb. 被某人吸引

(應用例句)

> The magic[1] performance[2] ***attracted the kids' attention***.
魔術表演吸引了孩子們的注意力。

例句關鍵單字
1 magic 魔術
2 performance 表演
3 elegant 優雅的

✒ 應用練習

4. Her elegant[3] style ***attracted all the present's attention***.

🖎

Answers 中譯參考
1. 該船奉海軍上將之命離開了這片水域。
2. 這個人在拂曉的時候悄悄地離開了家。
3. 她試圖向老師學習所有的知識。
4. 她優雅的風格吸引了在場的人。

B — 👆

💬 balance one's budget 🆚 keep one's balance 「平衡預算」or「保持平衡」？

balance one's budget

[ˈbæləns wʌns ˈbʌdʒɪt] **平衡預算**

(易混淆片語) **keep one's balance** 保持平衡

(應用例句)

» We must try[1] to ***balance our budget***, or we will go broke[2].
   我們必須努力平衡預算，否則就要破產了。

♪ 應用練習

1. The only way to ***balance your budget*** is to cut down expenses[3].
✍

例句關鍵單字

1 try 努力、嘗試
2 broke 一文不名的、破產的
3 expense 消費、開支

💬 bang at the door 🆚 bang the door shut 「敲門」or「關門」？

bang at the door [bæŋ æt ðə dor]
猛敲門

(易混淆片語) **bang the door shut** 用力地關上門

(應用例句)

» Monica heard[1] someone[2] ***banging at the door***.
   莫妮卡聽見有人猛敲門。

♪ 應用練習

2. It's not polite[3] to ***bang at the door***.
✍

例句關鍵單字

1 heard 聽、聽到（hear 的過去式）
2 someone 有人、某人
3 polite 禮貌的

💬 bark at 🆚 bark out one's orders
「吠叫」or「發布命令」？

bark at [bɑrk æt] 對……吠叫

(易混淆片語) **bark out one's orders**
吼叫地發佈命令

(應用例句)

» My neighbor's[1] dog kept[2] on **_barking at_**
my boyfriend[3].
鄰居的狗不停地對我男朋友狂吠。

📌 **應用練習**

3. Your dog[4] always **_barks at_** me.
✍

例句關鍵單字

1 neighbor 鄰居
2 kept 保持、維持
（keep 的過去
式）
3 boyfriend 男朋友
4 dog 狗

💬 be able to 🆚 able talented
「能夠」or「有才能的」？

be able to [bi ˈebḷ tu] 能夠……

(易混淆片語) **able talented** 有才能的

(應用例句)

» We should **_be able to_** resolve[1] our
problems[2].
我們應該能夠解決我們之間的問題。

📌 **應用練習**

4. **_Are_** you **_able to_** hear[3] us from the next door[4]?
✍

例句關鍵單字

1 resolve 解決
2 problem 問題
3 hear 聽到
4 door 門、家、戶

Answers 中譯參考

1. 平衡預算的唯一辦法就是縮減開支。
2. 猛敲門是不禮貌的。
3. 你的狗老是對我吠。
4. 你從隔壁能聽到我們的聲音嗎？

💬 be accurate at sth. ⓥⓢ to be accurate
「對……很精確」or「很精確地説」？

be accurate at sth.

[bi ˈækjərɪt æt ˈsʌmθɪŋ] **對……很精確**

1 accountant 會計師
2 figure 數字
3 gun 槍
4 distance 距離

(易混淆片語) **to be accurate**

(應用例句) **正確地説、精確地説**

» The new accountant[1] *is accurate at* figures[2].
新來的會計師對於數字很精準。

✒ 應用練習

1. This kind of gun[3] *is accurate at* a short distance[4].

✍ _____

💬 beam with joy ⓥⓢ greet sb. with a beam
of joy 「笑顏逐開」or「笑容滿面」？

beam with joy [bim wɪð dʒɔɪ] 笑顏逐開

例句關鍵單字

1 good 好的
2 everybody 每個人
3 party 派對

(易混淆片語) **greet sb. with a beam of joy**
(應用例句) **笑容滿面地迎接某人**

» Upon hearing the good[1] news Joey *beamed with joy*.
一聽到這個好消息，喬伊笑顏逐開。

✒ 應用練習

2. Everybody[2] in the party[3] *beams with joy*.

✍ _____

💬 be armed to the teeth ⓥ by arms
「全副武裝」or「以武力」？

be armed to the teeth

[bi ɑrmd tu ðə tiθ] **全副武裝**

（易混淆片語）**by arms 以武力**

（應用例句）

> The soldiers ***were armed to the teeth***,
> ready[1] for any emergency[2].
> 士兵們已全副武裝，隨時準備應急。

↱ **應用練習**

3. I guess[3] the robbers ***were armed to the teeth*** when they robbed[4] the bank.

✍

例句關鍵單字

1 ready 準備
2 emergency 緊急情況、突發事件
3 guess 猜
4 rob 搶劫

💬 be bare of sth. ⓥ bare feet
「幾乎沒有」or「赤腳」？

be bare of sth. [bi bɛr ɑv ˈsʌmθɪŋ]
幾乎沒有某物

（易混淆片語）**bare feet 赤腳**

（應用例句）

> The little[1] room ***is*** almost ***bare of*** furniture[2].
> 這個小房間幾乎沒有什麼家具。

↱ **應用練習**

4. There ***is bare of*** food in the fridge[3].

✍

例句關鍵單字

1 little 小的
2 furniture 傢俱
3 fridge 冰箱

Answers 中譯參考

1. 這種型號的槍在較短距離內射擊十分精確。
2. 派對上的每個人都笑顏逐開。
3. 我猜劫匪們搶銀行的時候是全副武裝的。
4. 冰箱裡幾乎沒有任何食物。

💬 be blessed with ⓥ bless one's luck
「有幸」or「慶幸」？

be blessed with [bi blɛst wɪð]

有幸得到⋯⋯

易混淆片語 **bless one's luck**
慶幸自己運氣好

應用例句

> This country *is blessed with* abundant[1] natural resources[2].
> 這個國家很幸運擁有豐富的自然資源。

應用練習

1. You *are blessed with* such[3] a good mother.

例句關鍵單字
1 abundant 豐富的
2 resource 資源
3 such 這樣的、如此的

💬 be capable of ⓥ capable person
「有⋯⋯的能力」or「有能力的人」？

be capable of [bi ˋkepəbļ ɑv]

有⋯⋯的能力、有⋯⋯的可能性

易混淆片語 **capable person** 有能力的人

應用例句

> I am sure that he *is capable of* handling[1] these problems[2].
> 我相信他能夠應對這些難題。

應用練習

2. Computers[3] *are capable of* doing something complicated[4] now.

例句關鍵單字
1 handle 應對
2 problem 難題
3 computer 電腦
4 complicated 複雜的

💬 be convenient for... 🆚 make it convenient to do 「便於……」or「方便去做」?

be convenient for... [bi kənˋvinjənt fɔr]
便於……

例句關鍵單字

1 Saturday 週六
2 arrange 安排
3 interview 面試

(易混淆片語) **make it convenient to do**
使方便去做

(應用例句)

» Will it ***be convenient for*** you to come this Saturday[1]?
你這週六方便來嗎?

⤷ 應用練習

3. When will it ***be convenient for*** you to arrange[2] an interview[3] for me?

✍

💬 be curious of 🆚 be curious to say
「感到好奇」or「說來奇怪」?

be curious of [bi ˋkjʊrɪəs ɑv]
對……感到好奇

例句關鍵單字

1 daughter 女兒
2 outside 外面、外面的
3 country 國家

(易混淆片語) **be curious to say** 說來奇怪

(應用例句)

» My daughter[1] ***is*** always ***curious of*** the outside[2] world.
我女兒總是對外面的世界感到好奇。

⤷ 應用練習

4. I ***am curious of*** anything in this country[3].

✍

Answers 中譯參考

1. 你真幸福,有個那麼好的媽媽。
2. 如今電腦能完成非常複雜的工作。
3. 你什麼時候方便為我安排面試呢?
4. 我對這個國家的一切都很好奇。

💬 be eager for 🆚 with eager eyes
「渴望的」or「急切的眼光」?

be eager for [bɪ ˈigɚ fɔr]　積極的、渴望的

(易混淆片語) **with eager eyes**　以急切的眼光

(應用例句)

» I believe[1] everyone *is eager for* success[2].
　我相信每個人都渴望成功。

1 believe 相信
2 success 成功
3 happiness 幸福
4 heart 心

📌 應用練習

1. People who *are eager for* happiness[3] need a kind heart[4].

🖎 _____

💬 before long 🆚 long before
「不久」or「很久以前」?

before long [bɪˈfor lɔŋ]　不久、很快

例句關鍵單字

(易混淆片語) **long before**　很久以前

(應用例句)

» We will see that wonderful[1] movie[2]
　before long.
　不久我們就會看到那部很棒的電影。

1 wonderful 很棒的
2 movie 電影
3 start 開始
4 sport 運動

📌 應用練習

2. *Before long*, I started[3] to like this kind of sport[4].

🖎 _____

💬 be friendly to 🆚 be on friendly terms with a person 「對……友好」or「與誰親善」?

be friendly to [bɪ ˈfrɛndlɪ tu] 對……友好

(易混淆片語) **be on friendly terms with a person** 與某人親善

(應用例句)

» The supervisor[1] *is* not very ***friendly to*** the newcomers[2].
主管對新來的人不太友善。

📢 應用練習

3. My mother *is* always ***friendly to*** everybody[3].
📢

(例句關鍵單字)

1 supervisor 主管
2 newcomer 新來的人
3 everybody 所有人、每個人

💬 beg for 🆚 fall on one's knees 「乞求」or「跪求」?

beg for [bɛg fɔr] 乞求

(易混淆片語) **fall on one's knees** 跪下請求

(應用例句)

» I sincerely[1] ***beg for*** your forgiveness[2].
我真誠地乞求你原諒。

📢 應用練習

4. The vagrant[3] had to ***beg for*** food to live.
📢

(例句關鍵單字)

1 sincerely 真誠地
2 forgiveness 原諒
3 vagrant 流浪漢

Answers 中譯參考

1. 嚮往幸福的人需要一顆仁慈的心。
2. 不久前，我開始喜歡上這種運動。
3. 我媽媽總是對所有人都很友好。
4. 那個流浪漢必須乞討度日。

💬 be good money ⚡ make money
「賺錢的買賣」or「賺錢」?

be good money [bi ɡʊd ˈmʌnɪ]

是賺錢的買賣、是有利可圖的投資

(易混淆片語) make money 賺錢

1 run 經營
2 spare 多餘的
3 restaurant 餐廳

(應用例句)

» Running[1] a small business in spare[2] time can also ***be good money***.
業餘時間做小買賣也是一筆收入啊!

✒ 應用練習

1. That restaurant[3] used to ***be good money***, but it is bad now.
🖋

💬 behind schedule ⚡ ahead of schedule
「進度落後」or「進度超前」?

behind schedule [bɪˈhaɪnd ˈskɛdʒʊl]

進度落後

(易混淆片語) ahead of schedule
比預定提早、進度超前

例句關鍵單字
1 project 工程、計畫
2 train 列車、火車
3 hour 小時

(應用例句)

» I am sorry that the project[1] is ***behind schedule*** again.
很抱歉這項計畫又進度落後。

✒ 應用練習

2. The train[2] from Kaohsiung is an hour[3] ***behind schedule***.
🖋

📭 be in bud ⓥ put forth buds
「含苞待放」or「發芽」?

be in bud [bi ɪn bʌd] **正含苞待放**

(易混淆片語) **put forth buds** 發芽、萌芽

1 spring 春天
2 blossom
　 花、開花期
3 earlier 較早的
　（early 的比較
　 級）

(應用例句)

» The trees and grass **_are in bud_** in spring[1].
春天時大樹小草都已長出嫩芽。

➔ 應用練習

3. The peach blossoms[2] **_are in bud_** a little earlier[3] this year.
🖎 ＿＿＿＿＿＿＿＿＿＿＿＿＿＿＿＿＿＿＿＿＿＿＿＿＿＿＿＿

📭 be in no mood for sth. ⓥ mood disorder
「沒心思」or「情緒障礙」?

be in no mood for sth.

[bi ɪn no mud fɔr ˈsʌmθɪŋ] **沒心思做某事**

(易混淆片語) **mood disorder** 情緒障礙

1 dancing 跳舞
2 stupid 愚蠢的
3 gossip 閒聊、八卦

(應用例句)

» I **_am in no mood for_** dancing[1] today, could you ask someone
else?
我今天沒有心情跳舞，你可以去邀請其他人嗎？

➔ 應用練習

4. Sarah **_was in no mood for_** their stupid[2] gossip[3].
🖎 ＿＿＿＿＿＿＿＿＿＿＿＿＿＿＿＿＿＿＿＿＿＿＿＿＿＿＿＿

Answers 中譯參考

1. 那家餐廳本來很賺錢，可是現在生意不好了。
2. 從高雄開來的列車延誤了一個小時。
3. 今年的桃花含苞較早。
4. 莎拉沒有心情參與她們愚蠢的閒聊。

💬 be master of ⓋⓈ be master in one's own house 「控制」or「不受干涉」?

be master of [bi ˋmæstɚ ɑv] 控制、掌握

(易混淆片語) **be master in one's own house** 不受別人干涉

(應用例句)

» I'll **_be master of_** my time[1] after retirement[2].

退休後我就可以自由支配自己的時間。

✍ 應用練習

1. We have to **_be master of_** our emotions[3].

✍

例句關鍵單字

1 time 時間
2 retirement 退休
3 emotion 情緒、情感

💬 be optimistic about ⓋⓈ remain optimistic 「對……樂觀的」or「保持樂觀」?

be optimistic about

[bi ˌɑptəˋmɪstɪk əˋbaut] 對……樂觀的

(易混淆片語) **remain optimistic** 保持樂觀

(應用例句)

» I **_am optimistic about_** the future[1] of our company.
我很看好我們公司的前景。

✍ 應用練習

2. Tony **_is_** not **_optimistic about_** his score[2] of the test[3].

✍

例句關鍵單字

1 future 未來、前途
2 score 成績、分數
3 test 考試、測驗

💬 be proud of ⓥ as proud as a peacock
「以……為傲」or「洋洋得意的」？

be proud of [bi praʊd ɑv] **以……為傲**

例句關鍵單字

1 grandpa 爺爺、外公
2 library 圖書館、藏書
3 provide 提供
4 customer 顧客

(易混淆片語) **as proud as a peacock**
洋洋得意的、神氣活現的

(應用例句)

» My grandpa[1] *is* always ***proud of*** his library[2].
我爺爺總是對他的藏書感到自豪。

✒ 應用練習

3. We ***are proud of*** the fact that we provide[3] the best products to customers[4].

✍

💬 be strange to ⓥ strange to say
「對……陌生」or「說也奇怪」？

be strange to [bi strendʒ tʊ]
對……而言很陌生

例句關鍵單字

1 place 地方
2 house 房子
3 suddenly 突然地

(易混淆片語) **strange to say** 說也奇怪

(應用例句)

» The place[1] *is* still ***strange to*** me.
我對這個地方仍很陌生。

✒ 應用練習

4. The house[2] he lived ***was strange to*** him suddenly[3].

✍

Answers 中譯參考

1. 我們要學會控制自己的情緒。
2. 湯尼覺得他的考試成績並不樂觀。
3. 我們為顧客提供最好的產品感到自豪。
4. 他突然覺得他居住的房子很陌生。

💬 be sufficient to 🆚 be sufficient for oneself
「充足的」or「不受影響」？

be sufficient to [bi səˈfɪʃənt tu]
……是充足的

易混淆片語 be sufficient for oneself
不靠他人、不受他人影響

應用例句

» This introduction[1] *is sufficient to* your next chapter's study[2].
這些介紹足夠你下章節的學習了。

應用練習

1. One hundred[3] dollars *is sufficient* for you *to* live[4] for a week.

例句關鍵單字

1 introduction 介紹
2 study 學習
3 hundred 百、一百
4 live 活、生存

💬 blame sb. for 🆚 take the blame for
「責備某人」or「承擔責任」？

blame sb. for [blem ˈsʌmˌbɑdɪ fɔr]
為某事責備某人

易混淆片語 take the blame for
為某事承擔責任

應用例句

» You should be *blamed for* leaving[1] her.
你離開她是該受責備的。

應用練習

2. Mom *blamed me for* breaking[2] the vase[3].

例句關鍵單字

1 leave 離開
2 break 打破
3 vase 花瓶

💬 borrow from ⓥ live on borrowed time
「借某物」or「奇蹟般地活著」?

borrow from [ˈbɑro frɑm] 從……借某物

例句關鍵單字

(易混淆片語) **live on borrowed time**
（老人、病人等）還奇蹟般地
活著

1 many 許多的
2 library 圖書館
3 sister 姐妹

(應用例句)

» How many[1] books can you ***borrow from*** the library[2] at once?
一次可以從圖書館借閱幾本書啊？

↗ **應用練習**

3. Why don't you ***borrow*** money ***from*** your sister[3]?
🖎

💬 bother sb. with... ⓥ can't be bothered
「打擾某人」or「不願找麻煩」?

bother sb. with...

[ˈbɑðɚ ˈsʌmˌbɑdɪ wɪð] 以……來打擾某人

例句關鍵單字

(易混淆片語) **can't be bothered**
不想出力、不願找麻煩

1 stupid 愚蠢的
2 question 問題
3 trifle 瑣事

(應用例句)

» Don't ***bother me with*** your stupid[1] questions[2]!
別拿你愚蠢的問題來煩我！

↗ **應用練習**

4. You'd better not ***bother him with*** trifles[3].
🖎

Answers 中譯參考

1. 一百美元足夠你生活一週了。
2. 媽媽因我打破花瓶責備我。
3. 你為什麼不跟你姐姐借錢呢？
4. 你最好別拿雞毛蒜皮的小事來打擾他。

💬 bring shame on ⓥ bring sth. into the open 「使蒙羞」or「公開某事」？

bring shame on [brɪŋ ʃem ɑn]
使某人蒙羞

(易混淆片語) **bring sth. into the open**
公開某事

(應用例句)

» What you did would ***bring shame on*** your family[1].
你做的事會讓你的家族蒙羞。

↱ 應用練習

1. His actions[2] will ***bring shame on*** the whole[3] company[4].

✍

例句關鍵單字
1 family 家族
2 action 行為
3 whole 整個的
4 company 公司

💬 by all means ⓥ by no means 「不惜一切」or「絕不」？

by all means [baɪ ɔl minz] 不惜一切地

(易混淆片語) **by no means** 絕不

(應用例句)

» You must contact[1] her ***by all means***.
你必須想盡一切辦法聯繫她。

↱ 應用練習

2. We should raise[2] our productivity[3] ***by all means***.

✍

例句關鍵單字
1 contact 聯繫、接觸
2 raise 提高
3 productivity 生產率、生產力

💬 by appearance ⓥ at first appearance
「根據外表」or「乍看之下」?

by appearance [baɪ əˋpɪrəns] **根據外表**

例句關鍵單字

(易混淆片語) **at first appearance** 乍看之下

1 judge 判斷
2 only 只有
3 shallow 膚淺的

(應用例句)

» You can not judge[1] people ***by appearance***.
你不能以貌取人。

↗ 應用練習

3. Only[2] shallow[3] people judge others ***by appearance***.

✍

💬 by means of ⓥ no mean
「透過……的方式」or「相當好的」?

by means of [baɪ minz ɑv]
透過……的方式

例句關鍵單字

(易混淆片語) **no mean** 相當好的、不容易的

1 succeed 成功
2 perseverance 堅持
3 solve 解決
4 law 法律

(應用例句)

» They succeeded[1] ***by means of*** perseverance[2].
他們靠堅持而獲得成功。

↗ 應用練習

4. Why not solve[3] this problem ***by means of*** law[4]?

✍

Answers 中譯參考

1. 他的行為會讓整個公司蒙羞。
2. 我們應該設法提高生產率。
3. 只有膚淺的人才會以貌取人。
4. 為什麼不透過法律來解決這個問題?

💬 by reason of ⓥ⑤ have reason
「原因」or「有道理」？

by reason of [baɪ ˋrizn̩ ɑv]
由於……的原因

(易混淆片語) **have reason** 有道理

(應用例句)

> The plan failed[1] ***by reason of*** bad organization[2].
> 這個計畫因為組織不當而失敗。

✏ 應用練習

1. Ben was forgiven[3] ***by reason of*** his age[4].
✎ _____

例句關鍵單字
1 fail 失敗
2 organization 組織
3 forgiven 寬恕
4 age 年齡

💬 by sea ⓥ⑤ on the sea
「由海路」or「在海上」？

by sea [baɪ si] 由海路

(易混淆片語) **on the sea** 在海上

(應用例句)

> Are you going there by air[1] or ***by sea***?
> 你是坐飛機還是坐船去那兒？

✏ 應用練習

2. We have decided[2] to go to Japan[3] ***by sea***.
✎ _____

例句關鍵單字
1 air 空氣、天空
2 decide 決定
3 Japan 日本

Answers 中譯參考

> 1. 班因為年齡的關係而獲得寬恕。
> 2. 我們已經決定搭船去日本。

C —

calm down vs keep calm
「平靜」or「安靜」?

calm down [kɑm daʊn] **平靜下來**

(易混淆片語) **keep calm 安靜**

(應用例句)

» He could hardly[1] *calm down* when she was angry[2].
當她生氣的時候，他就很難平靜下來。

應用練習

1. Only the mother[3] can let the baby[4] *clam down*.

例句關鍵單字

1 hardly 幾乎不
2 angry 生氣的
3 mother 母親
4 baby 嬰兒

carry on vs carry out 「繼續」or「執行」?

carry on [ˈkærɪ ɑn] **繼續**

(易混淆片語) **carry out 執行、完成**

(應用例句)

» We will *carry on* this task[1] against all odds[2].
我們將不顧一切繼續這項任務。

應用練習

2. You should *carry on* the experiment[3] until you succeed[4].

例句關鍵單字

1 task 任務
2 odd 奇數、奇怪的事物
3 experiment 試驗
4 succeed 成功

💬 cast away ⓥ cast aside
「丟掉」or「拋棄」？

cast away [`kæst ə`we] (1) 丟掉 (2) 浪費

(易混淆片語) cast aside 拋棄

(應用例句)

> I don't know[1] how to *cast away* all my worries[2].
> 我不知道該如何拋掉煩惱。

➴ 應用練習

3. My manager[3] asked[4] us not to *cast away* the time.

✍

例句關鍵單字
1 know 知道
2 worry 煩惱
3 manager 經理
4 ask 要求

💬 catch a chill ⓥ shiver with cold
「感冒」or「冷得發抖」？

catch a chill [`kætʃ ə tʃɪl] 著涼、感冒

(易混淆片語) shiver with cold 冷得發抖

(應用例句)

> Jack has *caught a chill*, so he won't come[1] today.
> 傑克感冒了，所以他今天不會來了。

➴ 應用練習

4. Please take[2] your coat[3] so that you won't *catch a chill*.

✍

例句關鍵單字
1 come 來
2 take 帶上
3 coat 外套

💬 challenge sb. to a duel 🆚 accept a challenge 「要求決鬥」or「應戰」?

challenge sb. to a duel

[ˈtʃælɪndʒ ˈsʌmˌbɑdɪ tu ə ˈdjuəl]

要求某人參加決鬥

(易混淆片語) **accept a challenge** 應戰

(應用例句)

» He is not likely[1] to *__challenge others to a duel__*.
他不太可能會跟別人決鬥。

✍ **應用練習**

5. The cowboy[2] was forced[3] to *__challenge others to a duel__*.

✍ _____

例句關鍵單字

1 likely 可能的
2 cowboy 牛仔
3 force 強迫

💬 combine A with B 🆚 be combined in 「結合」or「化合」?

combine A with B [kəmˈbaɪn əi wɪð bi]

結合 A 與 B

(易混淆片語) **be combined in**
　　　　　　化合成、聯合的

(應用例句)

» The nation[1] advocates[2] *__combining__* education *__with__* recreation.
這個國家宣導把教育與娛樂結合起來。

✍ **應用練習**

6. We should *__combine__* the theories[3] *__with__* the reality[4].

✍ _____

例句關鍵單字

1 nation 國家
2 advocate 宣導、
　主張
3 theory 理論
4 reality 實際、現實

Answers 中譯參考

1. 只有嬰兒的母親才能讓嬰兒平靜下來。
2. 你應該繼續試驗直到成功。
3. 經理要我們不要浪費時間。
4. 請帶上外套才不會著涼。
5. 這個牛仔被強迫跟人進行決鬥。
6. 我們應該將理論與現實相結合。

💬 come into power 🆚 power off
「掌權」or「關掉電源」？

come into power [kʌm ˈɪntu ˈpaʊɚ]
掌權

(易混淆片語) **power off** 關掉電源

(應用例句)

» This political[1] party finally[2] *come into power*.
該政黨終於開始執政了。

↗ 應用練習

1. When did the Democratic[3] Progressive[4] Party *come into power*?
✍

例句關鍵單字

1 political 政治的
2 finally 最終、終於
3 democratic 民主的
4 progressive 進步的、前進的

💬 come over 🆚 come out
「過來」or「出來」？

come over [kʌm ˈovɚ] 過來

(易混淆片語) **come out** 出現、揭露、出來

(應用例句)

» The Smiths let[1] him *come over* at any[2] time.
史密斯一家讓他隨時過來坐坐。

↗ 應用練習

2. Will you *come over* tonight[3] for the party[4]?
✍

例句關鍵單字

1 let 讓
2 any 任何的、任何
3 tonight 今晚
4 party 派對

💬 compare to... ⓥⓢ beyond compare
「比擬」or「無與倫比的」？

compare to... [kəm`pɛr tu] **比擬、比作**

例句關鍵單字

(易混淆片語) **beyond compare** 無與倫比的

(應用例句)

> » ***Compare to*** the city[1], countryside[2] is quiet and peaceful[3].
> 與城市相比，鄉下較安寧和平靜。

1 city 城市
2 countryside 鄉下、農村
3 peaceful 平靜的
4 transport 交通

↗ 應用練習

3. ***Compare to*** other means of transport[4], subway is quite fast.
🖎

💬 concern about ⓥⓢ as concerns
「關心」or「關於」？

concern about [kən`sɜn ə`baut]
對……關心

例句關鍵單字

(易混淆片語) **as concerns** 關於

(應用例句)

> » The naughty[1] boy doesn't ***concern about*** anyone[2].
> 這個淘氣的男孩對誰都不關心。

1 naughty 淘氣的
2 anyone 無論誰、任何人
3 never 從不
4 illness 疾病

↗ 應用練習

4. He never[3] sees his mother and ***concerns about*** her illness[4].
🖎

Answers 中譯參考

1. 民進黨是在哪一年上臺執政的？
2. 你今晚會來參加派對嗎？
3. 和其他交通工具相比，地鐵很快速。
4. 他從不來探望母親，也不關心她的病情。

💬 crawl with 🆚 crawl into sb.'s favour
「爬滿」or「拍馬屁」？

crawl with [krɔl wɪð] **爬滿**

(易混淆片語) **crawl into sb.'s favour**
　　　　　拍某人馬屁

(應用例句)

» The old tree in front of[1] my house is
crawling with ants[2].
我家門前的老樹上爬滿了螞蟻。

↗ 應用練習

1. The floor[3] in the kitchen[4] is ***crawling with*** insects.

例句關鍵單字

1 in fornt of 在……
　前面
2 ant 螞蟻
3 floor 地板
4 kitchen 廚房

💬 creep along 🆚 creep in
「沿著……爬行」or「悄悄混進」？

creep along [krip əˈlɔŋ] **沿著……爬行**

(易混淆片語) **creep in** 悄悄混進

(應用例句)

» I can't see clearly[1] what is ***creeping along***
the coast[2].
我看不清楚是什麼東西在岸邊爬行。

↗ 應用練習

2. A snake[3] ***creeping along*** the wall scared[4] us a lot.

例句關鍵單字

1 clearly 清楚地
2 coast 海岸
3 snake 蛇
4 scare 驚嚇

Answers 中譯參考

1. 廚房的地板上爬滿了蟲子。
2. 一條正沿著牆爬行的蛇把我們大家都嚇壞了。

D — 👌

💬 dream of 🆚 dream away one's life
「夢想著」or「虛度一生」？

dream of [drim ɑv]　**夢想著**

（易混淆片語）**dream away one's life**
　　　　　　　虛度一生

（應用例句）

> In fact, many stars[1] are ***dreaming of*** an ordinary[2] life.
> 實際上，很多明星都想過著平凡的生活。

✒ 應用練習

1. A lot of boys ***dreamed of*** becoming a general[3] when they were young[4].

👈

例句關鍵單字
1 star 星星、明星
2 ordinary 平凡的、普通的
3 general 將軍
4 young 年輕的

💬 desire for 🆚 get one's desire
「渴望」or「如願以償」？

desire for [dɪˋzaɪr fɔr]　**渴望**

（易混淆片語）**get one's desire**　**如願以償**

（應用例句）

> The people[1] in the war-torn countries ***desire for*** peace[2].
> 飽受戰爭之苦的國家人民渴望和平。

✒ 應用練習

2. In the modern[3] society[4], more and more people ***desire for*** wealth.

👈

例句關鍵單字
1 people 人民
2 peace 和平
3 modern 現代的
4 society 社會

💬 die away vs die in battle
「逐漸消失」or「戰死」？

die away [daɪ əˈwe] 漸漸消失、漸漸平息

例句關鍵單字

1 noise 噪音
2 car 汽車
3 anger 怒氣、生氣
4 truth 真相

易混淆片語 **die in battle** 戰死、陣亡

應用例句

» The noise[1] in the market *died away* as the car[2] went far.

隨著車子走遠，市集的吵鬧聲也漸漸消失了。

✒ 應用練習

3. His anger[3] *died away* after we told him the truth[4].

✑ _____

💬 die off vs died afterwards
「相繼死去」or「不久後死了」？

die off [daɪ ɔf] 相繼死去

例句關鍵單字

1 autumn 秋天
2 cattle 牲口、牲畜
3 winter 冬天
4 warm 暖和的、溫暖的

易混淆片語 **died afterwards** 不久後死了

應用例句

» The leaves *die off* that is when autumn[1] comes.

葉子相繼枯死的時候就是秋天了。

✒ 應用練習

4. The cattle[2] will *die off* in winter[3] if the cattle-shed is not warm[4] enough.

✑ _____

💬 disagree with ⓥ disagree on
「分歧」or「眾説紛紜」？

disagree with [ˌdɪsəˈgri wɪð]
有分歧、不一致

(易混淆片語) disagree on 眾説紛紜

1 completely 完全地
2 matter 事情
3 conduct 行為

(應用例句)

» We completely[1] ***disagree with*** them on this matter[2].
我們和他們對於這件事的看法完全不一樣。

⌁ **應用練習**

5. We can't be those whose conduct[3] ***disagrees with*** his or her words.

☜ _____

Answers 中譯參考

1. 很多男孩子小時候都曾夢想過當一名將軍。
2. 在現代社會，有越來越多的人渴望擁有財富。
3. 我們告訴他真相之後，他的怒氣才漸漸平息了下來。
4. 要是牲畜棚（牛棚／牛舍）不夠暖和，這些牲口就會在冬天死掉。
5. 我們不能成為言行不一的那種人。

E —

💬 eat one's words 🆚 echo with
「收回前言」or「發出回音」？

eat one's words [it wʌns wɜdz]
收回前言

例句關鍵單字

1 wrong 錯的
2 officer 官員
3 brought 帶來
　（bring 的過去分
　詞）
4 light 光亮、明亮

（易混淆片語）**echo with** 發出回音、產生回響

（應用例句）

» He *ate his words* after he found he was wrong[1].
他發現自己錯了之後就收回了前言。

✆ 應用練習

1. The officer[2] was forced to *eat his words* when the truth was brought[3] to light[4].

✍

💬 empty out 🆚 be empty of
「使成為空的」or「缺少」？

empty out [ˈɛmptɪ aʊt] 使……成為空的

例句關鍵單字

1 need 需要
2 drawer 抽屜
3 empty 清空
4 purse 錢包

（易混淆片語）**be empty of** 缺少

（應用例句）

» I need[1] to *empty out* the drawer[2] to find my ring.
我必須清空抽屜才能找出我的戒指。

✆ 應用練習

2. I didn't find anything even if I *emptied[3] out* my purse[4].

✍

💬 enable sb. to 🆚 enable to buy
「使能夠」or「使能買」？

enable sb. to [ɪnˈebḷ ˈsʌmˌbɑdɪ tu]
使某人能夠

例句關鍵單字

1 chance 機會
2 promotion 晉升
3 quickly 快速地
4 school 學校

(易混淆片語) **enable to buy** 使能買

(應用例句)

» This chance[1] ***enables*** him ***to*** get promotion[2] quickly[3].
這次機會使得他很快獲得了晉升。

📌 應用練習

3. The plan ***enables*** lots of poor kids ***to*** go to school[4].

✍

💬 encourage sb. to do sth. 🆚 be encouraged by
「鼓勵做」or「受到鼓勵」？

encourage sb. to do sth.

[ɪnˈkɝɪdʒ ˈsʌmˌbɑdɪ tu ˈdu ˈsʌmθɪŋ] **鼓勵做某事**

例句關鍵單字

1 teacher 老師
2 new 新的
3 shy 害羞的
4 express 表達

(易混淆片語) **be encouraged by**
受……的鼓勵

(應用例句)

» My teacher[1] often ***encourages*** me ***to*** try something new[2].
老師常常鼓勵我去嘗試新事物。

📌 應用練習

4. He ***encouraged*** the shy[3] boy ***to*** express[4] his idea.

✍

Answers 中譯參考

1. 當真相大白的時候，那位官員被迫收回之前說過的話。
2. 我把錢包都掏空了，也沒找到什麼。
3. 這個計畫使許多窮苦的小孩都能夠上學。
4. 他鼓勵那害羞的男孩表達自己的想法。

💬 enjoy doing sth. vs enjoy oneself
「享受做」or「盡情地玩」？

enjoy doing sth. [ɪnˋdʒɔɪ ˋduɪŋ ˋsʌmθɪŋ]
享受做某事

(易混淆片語) **enjoy oneself** 盡情地玩

1 kid 小孩
2 classic 古典的、
　經典的
3 literature 文學

(應用例句)

» Some kids[1] don't **_enjoy going_** to school every day.
有些小孩並不喜歡天天上學。

✏ 應用練習

1. I **_enjoy reading_** classic[2] English literature[3] very much.
👉

💬 export sth. to... vs invisible exports
「輸出某物到……」or「無形輸出」？

export sth. to... [ˋɛksport ˋsʌmθɪŋ tu]
輸出某物到……

(易混淆片語) **invisible exports** 無形輸出

1 thousand 千
2 America 美國
3 handicraft 手工藝
　品
4 foreign 外國的

(應用例句)

» This nation **_exports_** thousands[1] of tons of
tea leaves **_to_** America[2] every year.
該國每年都會向美國輸出數千噸茶葉。

✏ 應用練習

2. Our company **_exports_** all kinds of handicraft[3] products **_to_** foreign[4]
countries.
👉

Answers 中譯參考

1. 我很喜歡看英國古典文學名著。
2. 我們公司向國外輸出各種手工藝品。

F—

💬 factor in ⓥ the feel good factor
「列入重要因素」or「使氣氛愉快的東西」？

factor in [ˈfæktɚ ɪn]

將……納入、將……列入為重要因素

(易混淆片語) **the feel good factor**
能創造輕鬆愉快氣氛的東西

(應用例句)

> » The color will be a key[1] *factor in* this design[2].
> 顏色將是這個設計的關鍵因素。

✒ 應用練習

1. Good actors[3] are an important *factor in* producing[4] a good movie.
✑

(例句關鍵單字)

1 key 關鍵的
2 design 設計
3 actor 演員
4 produce 製作

💬 fail in ⓥ without fail
「不及格」or「必定」？

fail in [fel ɪn] **在……上失敗、不及格**

(易混淆片語) **without fail** 一定、必定

(應用例句)

> » He *failed in* the math[1] exam again for his
> frequent[2] absence[3] from class.
> 他經常缺課，所以數學考試才沒及格。

✒ 應用練習

2. I can't believe[4] that the top student in my class *failed in* English
this time.
✑

(例句關鍵單字)

1 math 數學
2 frequent 頻繁的
3 absence 缺席
4 believe 相信

💬 fall behind 🆚 behind the times
「落後」or「過時的」？

fall behind [fɔl bɪˈhaɪnd] 落後

(易混淆片語) **behind the times**
　　　　　　過時的、跟不上時代的

(應用例句)

　» It is his laziness[1] that makes him ***fall behind*** in his studies.
　　是懶惰讓他在學習上落後了。

↗ 應用練習

3. Mike ***fell behind*** in his studies[2] because he was ill[3] for months.
　✍ _____

💬 fall in love with 🆚 love to do sth.
「愛上」or「喜歡做某事」？

fall in love with [fɔl ɪn lʌv wɪð]
愛上……

(易混淆片語) **love to do sth.** 喜歡做某事

(應用例句)

　» The two young[1] students ***fell in love with*** each other soon[2].
　　兩個年輕的學生很快就愛上了對方。

↗ 應用練習

4. I ***fell in love with*** him at first sight[3].
　✍ _____

💬 fall short of 𝕧𝕤 go short of
「沒有達到」or「缺乏」？

fall short of [fɔl ʃɔrt ɑv]　**沒有達到**

（易混淆片語）**go short of** 缺乏

（應用例句）

» The blockbuster[1] ***fell*** far ***short of*** our expectations[2].
這部大片遠遠低於我們的期望。

✒ 應用練習

5. The young man feels that his dreams often ***fall short of*** his hope[3].
🖎

例句關鍵單字

1 blockbuster 大片、轟動
2 expectation 期望
3 hope 希望

💬 familiar with 𝕧𝕤 be on familiar terms with　「熟悉」or「交情好」？

familiar with [fəˋmɪljɚ wɪð]　**熟悉**

（易混淆片語）**be on familiar terms with**
　　　　　　　與……交情好

（應用例句）

» He can be your interpreter[1] for he is so ***familiar with*** English.
他很熟悉英語，因此能做你的口譯人員。

✒ 應用練習

6. A lawyer[2] should be very ***familiar with*** the rules[3] and laws[4].
🖎

例句關鍵單字

1 interpreter 口譯員
2 lawyer 律師
3 rule 規則
4 law 法律

Answers 中譯參考

1. 好演員是拍一部好電影的重要因素。
2. 我不敢相信班上的優等生這次英語考試竟然不及格。
3. 麥克病了好幾個月，因此功課落後了。
4. 我見到他的第一眼就愛上了他。
5. 年輕人覺得自己的理想總是達不到自己的期望。
6. 一個律師應該對法律法規都十分瞭解。

💬 feed on 🆚 feed up
「以……為食」or「供給食物」？

feed on [fid ɑn] 以……為食

(易混淆片語) **feed up** 供給食物

(應用例句)

» They often ***feed*** their dogs ***on*** fresh[1] meat[2].
他們常常用新鮮的肉來餵狗。

📌 應用練習

1. Do you know what the owls[3] ***feed on*** except the mice[4]?
✍

💬 fence off 🆚 fence against
「隔開」or「防護」？

fence off [fɛns ɔf] 隔開、避開

(易混淆片語) **fence against**
防護……以免……

(應用例句)

» You'd better ***fence off*** the garden[1] in case of chickens[2].
你最好把花園隔開以防小雞進來。

📌 應用練習

2. It is no use[3] to ***fence off*** the fields because the cattle[4] can still get in.
✍

💬 figure out ⓥⓢ figure in
「計算出來」or「算入」?

figure out [ˈfɪgjɚ aʊt]　**計算出來、弄明白**

例句關鍵單字
1 company 公司
2 manager 經理
3 problem 問題

(易混淆片語) **figure in**　把……算入

(應用例句)

» I can't ***figure out*** why he left the company[1] so soon.
　我無法明白他為何如此快的就離開了公司。

↝ 應用練習

3. Only the manager[2] can ***figure out*** a problem[3] like that.

✍

💬 flesh and blood ⓥⓢ flesh-to-flesh combat
「血肉之軀」or「肉搏戰」?

flesh and blood [flɛʃ ænd blʌd]

血肉之軀

例句關鍵單字
1 pain 痛苦、疼痛
2 bear 忍受
3 body 身體
4 spirit 精神

(易混淆片語) **flesh-to-flesh combat**　肉搏戰

(應用例句)

» The pain[1] is more than ***flesh and blood*** can bear[2].
　這種痛苦不是血肉之軀所能忍受的。

↝ 應用練習

4. The ***flesh and blood*** can bear the pain in body[3] but not in spirit[4].

✍

Answers 中譯參考

> 1. 你知道除了老鼠，貓頭鷹還會吃些什麼嗎？
> 2. 把田地圍起來這沒用，牛還是會進來。
> 3. 只有經理才能弄明白這樣的問題。
> 4. 血肉之軀能承受身體上的疼痛但是無法承受精神上的痛苦。

💬 flow away ⓥ flow out 「流走」or「流出」?

flow away [flo əˋwe] 流走、流逝

例句關鍵單字

1 must 必須
2 water 水
3 youth 年輕

（易混淆片語）**flow out** 流出

（應用例句）

> We must[1] find ways to let the water[2] *flow away*.
> 我們必須找到辦法使水流走。

✎ 應用練習

1. The youth[3] *flows away* just as the water does.
🖎

💬 focus on ⓥ out of focus 「集中」or「模糊的」?

focus on [ˋfokəs ɑn] 集中

例句關鍵單字

1 expert 專家
2 require 要求
3 disease 疾病
4 homework 家庭作業

（易混淆片語）**out of focus**
　　　　　　離開焦點的、模糊的

（應用例句）

> All the experts[1] are required[2] to *focus on* this disease[3].
> 所有的專家都被要求關注該疾病。

✎ 應用練習

2. I can't *focus on* my homework[4] today.
🖎

Answers 中譯參考

1. 年華似水般流逝。
2. 我今天無法集中精神寫作業。

G—

💬 get the picture 🆚 take a picture
「瞭解情況」or「照相」?

get the picture [gɛt ðə ˋpɪktʃɚ]
瞭解情況

(易混淆片語) **take a picture** 照相

(應用例句)

» It is hard[1] for the little kid to ***get the picture*** of the situation[2].
小孩子很難瞭解這個情況。

✍ **應用練習**

1. I hope[3] you can ***get the picture***. Someone ran away with all the money[4].

✍

例句關鍵單字
1 hard 難的
2 situation 情況、形勢
3 hope 希望
4 money 錢

💬 give up 🆚 give oneself away
「放棄」or「露出馬腳」?

give up [gɪv ʌp] 放棄

(易混淆片語) **give oneself away**
露馬腳、現原形

(應用例句)

» I don't hope he ***gives up*** his dreams[1] halfway[2].
我不希望他中途放棄自己的夢想。

✍ **應用練習**

2. He saved[3] other's life, but ***gave up*** his own[4].

✍

例句關鍵單字
1 dream 夢想
2 halfway 中途
3 save 挽救
4 own 自己的

💬 give room ⓥ do one's room
「騰出地方」or「收拾房間」？

give room [gɪv rum] 騰出地方

(易混淆片語) do one's room 收拾房間

(應用例句)

» I'll *give room* for him to put some luggage[1].
我將騰出地方讓他放行李。

➤ 應用練習

3. He asked[2] me to *give room* for him to put[3] some books.
✍

例句關鍵單字

1 luggage 行李
2 ask 要求
3 put 放置

💬 glory in ⓥ return with glory
「洋洋得意」or「凱旋」？

glory in [ˋglorɪ ɪn] 因……而洋洋得意

(易混淆片語) return with glory 凱旋

(應用例句)

» He *gloried in* this victory[1], though he
only won once[2].
儘管他只贏過一次比賽，他仍為這次的勝利感到得意。

➤ 應用練習

4. Napoleon must have *gloried in* his victory on his success[3] in
Europe[4].
✍

例句關鍵單字

1 victory 勝利
2 once 一次
3 success 成功
4 Europe 歐洲

💬 glow with rage ⓥ all of a glow
「怒容滿面」or「熱烘烘」？

glow with rage [glo wɪð redʒ] 怒容滿面

(易混淆片語) all of a glow 熱烘烘

(應用例句)

» I don't know[1] why[2] he *glows with rage* when he came in.
我不知道他為何進來的時候怒容滿面。

🖝 應用練習

5. Don't talk[3] to him when he is *glowing with rage*. He will become more furious[4].

✍

例句關鍵單字
1 know 知道
2 why 為什麼
3 talk 講話
4 furious 生氣的、狂怒的

💬 go mad ⓥ be mad at...
「發瘋」or「發怒」？

go mad [go mæd] 發瘋了

(易混淆片語) be mad at... 對……發怒

(應用例句)

» He will *go mad* if he hears[1] such good news[2].
他要是聽到這個好消息一定會高興得發狂。

🖝 應用練習

6. I will *go mad* if I have to stay[3] in hospital[4] for weeks.

✍

例句關鍵單字
1 hear 聽到
2 news 消息
3 stay 待、停留
4 hospital 醫院

Answers 中譯參考

1. 希望你瞭解這個情況，有人捲款而逃了。
2. 他挽救了別人的生命，卻放棄了自己的。
3. 他請我讓出一些地方讓他放書。
4. 拿破崙當時一定為他在歐洲的成功洋洋得意。
5. 不要在他怒容滿面的時候跟他講話喔。他會更生氣的。
6. 如果要我在醫院待上幾週，我肯定會瘋掉的。

💬 go rotten ⓥ talk rot
「腐壞」or「胡說八道」?

go rotten [go ˈrɑtn̩] 腐壞

(易混淆片語) **talk rot** 胡說八道

(應用例句)

例句關鍵單字
1 grape 葡萄
2 fridge 冰箱
3 fruit 水果

» The grapes[1] in the fridge[2] is starting to ***go rotten***.
冰箱裡的葡萄已經開始腐壞變質了。

📌 應用練習

1. The fruits[3] will ***go rotten*** if you put them in the fridge for too long.
🖎

💬 go through fire and water ⓥ fresh water
「赴湯蹈火」or「淡水」?

go through fire and water

[go θru faɪr ænd ˈwɔtɚ] 赴湯蹈火

例句關鍵單字
1 save 挽救
2 life 生命
3 kind 友好的、和藹的

(易混淆片語) **fresh water** 淡水

(應用例句)

» He will ***go through fire and water*** for her because she saved[1] his life[2].
他願為她赴湯蹈火，因為她曾救過他。

📌 應用練習

2. He will ***go through fire and water*** for you if you are kind[3] to him.
🖎

💬 grab the moment ⓥ grab and not let go
「把握時機」or「抓住不放」？

grab the moment [græb ðə ˈmɑmənt]
把握時機

(易混淆片語) **grab and not let go** 抓住不放

1 succeed 成功
2 only if 只有
3 promotion 升遷、晉升

(應用例句)

» One can succeed[1] only if[2] he can ***grab the moment***.
人只有把握住時機才能取得成功。

↱ 應用練習

3. He ***grabbed the moment*** and got a promotion[3].
✍

Answers 中譯參考

1. 如果把水果放在冰箱裡面太久，它們就會腐壞變質。
2. 如果你對他太好，他會為你赴湯蹈火。
3. 他把握時機才得以升遷。

H—✍

💬 hammer at ⚔ put the hammer down
「敲打」or「踩油門」?

hammer at [ˈhæmɚ æt]
敲打、致力於、不斷強調

(易混淆片語) **put the hammer down**
踩油門、加速

(應用例句)

例句關鍵單字

1 angry 生氣的
2 constantly 不斷地
3 scientist 科學家
4 research 研究

» He is so angry[1] that he is constantly[2] ***hammering at*** the piano keys.
他是如此生氣以致於不斷地使勁敲鋼琴鍵。

✎ 應用練習

1. The scientist[3] is ***hammering at*** the research[4] day and night.
✍

💬 have a finger in every pie ⚔ share of the pie
「好管閒事」or「分享利益」?

have a finger in every pie
[hæv ə ˈfɪŋgɚ ɪn ˈɛvrɪ paɪ]
好管閒事、事事參與

(易混淆片語) **share of the pie** 分享利益

(應用例句)

例句關鍵單字

1 those 那些、那些的
2 none 一個也沒有
3 business 商業、生意

» No one likes those[1] who always ***have a finger in every pie***.
沒人喜歡總是好管閒事的人。

✎ 應用例句

2. Don't ***have a finger in every pie***; It is none[2] of your business[3].
✍

💬 have a good ear for ⓥⓢ be all ears
「有鑑賞力」or「洗耳恭聽」？

have a good ear for [hɛv ə gʊd ɪr fɔr]
對……有鑑賞力

例句關鍵單字

1 kid 小孩
2 music 音樂
3 childhood 童年

(易混淆片語) **be all ears** 洗耳恭聽

(應用例句)

» The kid[1] is said to ***have a good ear for*** music[2].
據說這個小孩對音樂很有鑑賞能力。

↗ 應用例句

3. He was born in the artist's family and ***has a good ear for*** art since childhood[3].

✍

💬 have nothing to do with ⓥⓢ for nothing
「與……無關」or「免費」？

have nothing to do with

[hɛv ˋnʌθɪŋ tu du wɪð] **與……無關**

例句關鍵單字

1 matter 事情
2 husband 丈夫
3 performance 表演
4 intelligence 智力

(易混淆片語) **for nothing** 免費、徒然、無端

(應用例句)

» This matter[1] ***has nothing to do with*** you and your husband[2].
這件事跟妳和妳的丈夫沒有關係。

↗ 應用例句

4. His bad performance[3] ***has nothing to do with*** his intelligence[4].

✍

Answers 中譯參考

1. 這名科學家日以繼夜地致力於這項研究。
2. 不要多管閒事，這不關你的事。
3. 他生於藝術世家，從小就對藝術很有鑑賞能力。
4. 他表演糟糕跟他的智力沒有關係。

💬 hide from vs hide one's emotion
「隱瞞」or「掩飾感情」?

hide from [haɪd frɑm] 隱瞞、躲避

例句關鍵單字

1 soldier 士兵
2 enemy 敵人
3 relative 親戚

(易混淆片語) **hide one's emotion**
掩飾某人的感情

(應用例句)

» It is hard for a soldier[1] to ***hide from*** their enemies[2] here.
士兵在這裡很難躲避敵人。

↪ 應用練習

1. Some rich people always ***hide from*** their poor relatives[3].
🖋

💬 hint at vs take a hint
「暗示」or「領會暗示」?

hint at [hɪnt æt] 暗示

例句關鍵單字

1 think 認為
2 nothing 什麼也沒有
3 campaign 運動、競選

(易混淆片語) **take a hint** 領會暗示

(應用例句)

» I don't think[1] she was ***hinting at***
something just now.
我不認為她剛才在暗示什麼。

↪ 應用練習

2. So far, nothing[2] about the campaign[3] has been ***hinted at***.
🖋

Answers 中譯參考

1. 一些有錢人總是躲著自己的窮親戚。
2. 目前為止,一點都沒有此次競選的跡象。

I 一

💬 in a blaze of passion Ⓥ in a towering rage 「盛怒之下」or「怒氣衝天」?

in a blaze of passion

[ɪn ə ˋblez ɑv ˋpæʃən] **盛怒之下**

(易混淆片語) **in a towering rage** 怒氣衝天

(應用例句)

> » His father shut[1] him in a small[2] room **_in a blaze of passion_**.
> 父親一怒之下就把他關進了一個小房間。

↪ 應用練習

1. His father slapped[3] him on the face[4] **_in a blaze of passion_**.
✍

例句關鍵單字
1 shut 關閉
2 small 小的
3 slap 摑
4 face 臉

💬 in addition to... Ⓥ with the addition of 「除了……」or「外加」?

in addition to... [ɪn əˋdɪʃən tu] **除了……**

(易混淆片語) **with the addition of** 外加

(應用例句)

> » **_In addition to_** English, she has to study[1] German[2].
> 除了英語外,她還得學德語。

↪ 應用練習

2. **_In addition to_** English books, I have many books in other languages[3].
✍

例句關鍵單字
1 study 學習
2 German 德語
3 language 語言

💬 in brief 🆚 make brief of
「簡言之」or「使簡短」？

in brief [ɪn brif] 簡言之

(易混淆片語) **make brief of** 使簡短

例句關鍵單字

1 introduction 介紹
2 article 文章
3 finish 完成

(應用例句)

» I will give an introduction[1] **_in brief_** on this article[2].
我將簡短地對這篇文章做個介紹。

☞ 應用練習

3. **_In brief_**, we need more workers to help finish[3] the work on time.
✍

💬 in charge (of) 🆚 take charge
「負責管理」or「負責」？

in charge (of) [ɪn tʃɑrdʒ (ɑv)] 負責管理

(易混淆片語) **take charge** 負責、看管

例句關鍵單字

1 hospital 醫院
2 nearby 在附近
3 company 公司

(應用例句)

» This is the man **_in charge of_** the hospital[1] nearby[2].
他就是附近那家醫院的負責人。

☞ 應用練習

4. He is left **_in charge of_** the company[3] when I am away.
✍

💬 in conflict 🆚 come into conflict with
「在衝突中」or「和……衝突」？

in conflict [ɪn ˈkɑnflɪkt] 在衝突中

(易混淆片語) **come into conflict with**
和……衝突

例句關鍵單字

1 word 言語
2 admit 承認
3 live 生活

(應用例句)

» What you have done is ***in conflict*** with your words[1].
你言行不一致。

↱ 應用例句

5. I must admit[2] that all people live[3] ***in conflict***.

✍

💬 in detail ⓥ go into detail
「詳細地」or「詳述」?

in detail [ɪn `ditel]　**詳細地**

(易混淆片語) **go into detail**　**詳述**

(應用例句)

» Could you tell me about the accident[1] ***in detail***?
你能告訴我事故的細節嗎？

例句關鍵單字
1 accident 事故、意外
2 police 員警
3 witness 目擊者
4 situation 狀況、情況

↱ 應用練習

6. The police[2] want the witness[3] to tell them the situation[4] ***in detail***.

✍

Answers 中譯參考

1. 父親一怒之下摑了他一記耳光。
2. 除了英語書，我還有很多其他語言的書。
3. 簡而言之，我們需要更多人手協助以按時完成這項工作。
4. 我不在的時候，由他留下來管理公司。
5. 我必須承認所有的人都生活在衝突矛盾之中。
6. 警方要求目擊者告知詳細狀況。

💬 in order 🆚 in order to...
「井然有序地」or「為了」?

in order [ɪn ˈɔrdə˚] 井然有序地

(易混淆片語) **in order to...** 為了

1 ask 要求
2 keep 保持
3 secretary 秘書
4 file 文件

(應用例句)

» My mum asked[1] me to keep[2] all my things *in order*.
媽媽叫我把自己的東西整理好。

☞ 應用練習

1. The secretary[3] is helping the manager to put the files[4] *in order*.
☞ _____

💬 in place of 🆚 feel out of place
「替代」or「感到拘謹」?

in place of [ɪn ples ɑv] 代替

(易混淆片語) **feel out of place** 感到拘謹

1 attend 參加
2 scientist 科學家
3 material 材料
4 plastic 塑膠

(應用例句)

» Someone will attend[1] the meeting *in place of* me.
有人將代替我參加會議。

☞ 應用練習

2. The scientists[2] are looking for materials[3] that can be used *in place of* plastics[4].
☞ _____

💬 in principle 🆚 against one's principle
「原則上」or「違反原則」?

in principle [ɪn ˈprɪnsəpl]
(1) 原則上 (2) 大體上

易混淆片語 **against one's principle**
違反某人的原則

應用例句

» Most people in the institute[1] only agree[2] with his idea ***in principle***.
協會大多數人只是在原則上同意了他的想法。

☞ 應用練習

3. After the debate[3], we think it is a good plan[4] ***in principle***.
✍

例句關鍵單字

1 institute 協會
2 agree 同意
3 debate 討論、辯論
4 plan 計畫

💬 in proof of... 🆚 give proof on
「作為……的證據」or「舉例證明」?

in proof of... [ɪn pruf ɑv]
作為……的證據、證明

易混淆片語 **give proof on** 舉例證明

應用例句

» He must find enough[1] evidence ***in proof of*** his innocence[2].
他需要足夠的證據來證明他的清白。

☞ 應用例句

4. The scientists need to do more research[3] ***in proof of*** the theory[4].
✍

例句關鍵單字

1 enough 足夠的
2 innocence 清白、無辜
3 research 研究
4 theory 理論

Answers 中譯參考

1. 祕書正在幫經理把他的文件整理好。
2. 科學家們正在尋找可以替代塑膠的材料。
3. 討論之後，我們覺得這大體上是個好計畫。
4. 科學家需要做更多的研究來證明該理論。

💬 in rags ⓥ without a rag
「衣衫襤褸」or「身無分文」？

in rags [ɪn ræɡz] 衣衫襤褸

(易混淆片語) **without a rag** 身無分文

(應用例句)

» No one is willing[1] to give money to the people ***in rags*** now.
現在沒人願意把錢給衣衫襤褸的人了。

☞ 應用練習

1. You can't look down[2] upon the people ***in rags*** on the street[3].
✍

例句關鍵單字

1 willing 願意的
2 look down 瞧不起
3 street 街道

💬 in return for... ⓥ return sth. to sb.
「作為回報」or「歸還某物」？

in return for... [ɪn rɪˈtɝn fɔr]
作為……的回報

(易混淆片語) **return sth. to sb.**
歸還某物給某人

(應用例句)

» The slave[1] decided to work for him all his life ***in return for*** his help.
奴隸決定終生為他效勞，以報答他的幫助。

☞ 應用練習

2. What can I give[2] my best friend ***in return for*** his kindness[3]?
✍

例句關鍵單字

1 slave 奴隸
2 give 給
3 kindness 好心、仁慈

💬 in season ⓥ at all seasons
「在旺季」or「一年四季」？

in season [ɪn ˈsizn̩] 在旺季

(易混淆片語) at all seasons 一年四季

(應用例句)

» You can buy cheap[1] fruits[2] only when they are ***in season***.
  只有水果盛產的時候，你才能買到便宜的水果。

↪ 應用練習

3. I would like to buy[3] some strawberries[4] for they are ***in season*** now.

✍

例句關鍵單字
1 cheap 便宜的
2 fruit 水果
3 buy 買
4 strawberry 草莓

💬 in silence ⓥ break silence
「沉默地」or「打破沉默」？

in silence [ɪn ˈsaɪləns] 沉默地

(易混淆片語) break silence 打破沉默

(應用例句)

» The girl is a newcomer[1], and she often docs things ***in silence***[2].
  這個女孩是新來的，她常常默默地做事。

↪ 應用例句

4. I don't want to keep ***in silence*** and decide to tell her the truth[3].

✍

例句關鍵單字
1 newcomer 新來的人
2 silence 沉默
3 truth 真相

Answers 中譯參考

1. 不要看不起街頭那些衣衫襤褸的人。
2. 我能送給好友什麼以回報他的友善呢？
3. 現在是草莓旺季，我想去買點草莓。
4. 我不想保持沉默，決定告訴她真相。

💬 in substance ⓥ the substance of a speech
「實質上」or「講話的要旨」?

in substance [ɪn ˋsʌbstəns]
本質上、實質上

(易混淆片語) the substance of a speech
講話的要旨

(應用例句)

» The author[1], **_in substance_**, talks about the same thing in the two paragraphs[2].
實際上，作者在兩段文字中說的都是同一件事。

↗ 應用練習

1. Your paper[3] is **_in substance_** better than[4] his.
✍ _____

例句關鍵單字

1 author 作者
2 paragraph 段落
3 paper 論文
4 than 比

💬 in support of ⓥ lend support to
誰「支持」?

in support of [ɪn səˋport ɑv] 支持、支援

(易混淆片語) lend support to 支持

(應用例句)

» Can you speak[1] **_in support of_** your own idea[2]?
你能發言來支持自己的想法嗎?

↗ 應用練習

2. The professor[3] finds the evidence **_in support of_** his theory.
✍ _____

例句關鍵單字

1 speak 發言
2 idea 想法
3 professor 教授

💬 in terms of 🆚 in high terms
「就……而言」or「極力稱讚」?

in terms of [ɪn tɝms av]　就……而言

例句關鍵單字

(易混淆片語) **in high terms**　極力稱讚

1 product 產品
2 competitive 有競爭力的
3 design 設計

(應用例句)

» The new product[1] is not so competitive[2] *in terms of* price.
在價格方面，新產品並沒有太多優勢。

📌 應用練習

3. *In terms of* design[3], this product is better than that one.
🖎

💬 in the following... 🆚 follow after
「接下來的」or「緊跟」?

in the following... [ɪn ðə ˈfɑləwɪŋ]
在接下來的……

例句關鍵單字

(易混淆片語) **follow after**　緊跟

1 continue 繼續
2 writing 寫作
3 tell 告訴
4 thing 事情

(應用例句)

» I will continue[1] my writing[2] *in the following* years.
在接下來的幾年裡，我將繼續寫作。

📌 應用練習

4. I will tell[3] you all the things[4] *in the following* days.
🖎

Answers 中譯參考

> 1. 你的論文實質上比他的還要好。
> 2. 教授找到了能證實自己理論的依據。
> 3. 在設計方面，這個產品比那個還要好。
> 4. 我會在隨後幾天將所有事都告訴你。

💬 in the mask of... ⓥ tear the mask from sb.'s face
「在……的掩飾下」or「扯下假面具」？

in the mask of... [ɪn ðə mæsk ɑv]
在……的掩飾下

(易混淆片語) **tear the mask from sb.'s face** 扯下某人的假面具

(應用例句)

» He cheated[1] people out of money *in the mask of* kindness[2].
他在仁慈的掩飾下騙取人們的錢財。

↗ **應用練習**

1. The man is a fraud[3] *in the mask of* a doctor[4].

✍

例句關鍵單字
1 cheat 騙取、欺騙
2 kindness 仁慈
3 fraud 騙子
4 doctor 醫生

💬 in the name of... ⓥ be named in honor of...
「以……的名義」or「為紀念而命名」？

in the name of... [ɪn ðə nem ɑv]
以……的名義

(易混淆片語) **be named in honor of...** 為紀念……而命名

(應用例句)

» I will arrest[1] the criminal[2] *in the name of* the law.
我將以法律的名義逮捕這名罪犯。

↗ **應用練習**

2. All of us should save the poor[3] *in the name of* God[4].

✍

例句關鍵單字
1 arrest 逮捕
2 criminal 罪犯
3 the poor 可憐人
4 God 上帝

💬 in theory ⓥ the theory of relativity
「理論上」or「相對論」?

in theory [ɪn ˋθiərɪ] 理論上

(易混淆片語) the theory of relativity 相對論

(應用例句)

» Your proposition[1] sounds fine **_in theory_**, but not in practice[2].
  你的建議理論上聽起來不錯，但實際上卻行不通。

↪ **應用練習**

3. **_In theory_**, it takes people two hours to reach[3] the island[4].
✍

例句關鍵單字

1 proposition 建議
2 practice 實踐
3 reach 到達
4 island 小島

💬 in the period of... ⓥ put a period to sth.
「……期間」or「結束某事」?

in the period of... [ɪn ðə ˋpɪrɪəd ɑv]
……期間

(易混淆片語) put a period to sth. 結束某事

(應用例句)

» A lot of employees[1] were dismissed[2] **_in the period of_** recession.
  經濟不景氣的時候，有好多員工被解雇。

↪ **應用練習**

4. There were many famous poets[3] **_in the period of_** the Renaissance[4].
✍

例句關鍵單字

1 employee 員工
2 dismiss 解雇
3 poet 詩人
4 Renaissance 文藝復興

Answers 中譯參考

1. 這是一個冒充醫生的騙子。
2. 我們都應該以上帝之名拯救這些可憐的人。
3. 理論上說，到達小島要花兩小時。
4. 在文藝復興時期，出現了很多著名的詩人。

💬 introduce to... ⓥ introduce into
「介紹給」or「把⋯⋯列入」?

introduce to... [ˌɪntrəˈdjus tu] 介紹給

(易混淆片語) **introduce into**
把⋯⋯列入、插入

(應用例句)

> May I *introduce to* you my best[1] friend[2]?
> 我可以向你介紹一下我最好的朋友嗎?

↗ 應用練習

1. I'd like to *introduce to* you the gentleman[3] over there.
🖎

💬 investigate and punish ⓥ investigate openly and secretly
「究辦」or「明查暗訪」?

investigate and punish
[ɪnˈvɛstəˌget ænd ˈpʌnɪʃ] 究辦

(易混淆片語) **investigate openly and secretly** 明查暗訪

(應用例句)

> Who has the right[1] to *investigate and punish*?
> 誰才有查辦的權利?

↗ 應用練習

2. The police[2] will *investigate and punish* some firms[3] this year.
🖎

💬 invite sb. to do sth. 🆚 be invited out
「邀請某人做」or「應邀」?

invite sb. to do sth.

[ɪnˋvaɪt ˋsʌmˌbɑdɪ tu du ˋsʌmθɪŋ]

邀請某人做某事

（易混淆片語）**be invited out** 應邀

（應用例句）

例句關鍵單字
1 dinner 晚餐
2 Sunday 週日
3 attend 參加
4 international 國際的

» May I ***invite*** you ***to*** have dinner[1] with me on Sunday[2]?
　能邀請你週日與我共進晚餐嗎？

✒ **應用練習**

3. Can I ***invite*** you ***to*** attend[3] this international[4] conference?
✍

Answers 中譯參考

1. 我想介紹在那邊的那位紳士給你。
2. 警察今年將查辦一些企業。
3. 可否邀請您參加此次國際會議？

K—👆

💬 keep an eye on sb. 🆚 cast an eye on
「密切關注」or「粗略地看」?

keep an eye on sb.

[kip æn aɪ ɑn ˋsʌmˌbɑdɪ] **密切關注、看顧**

（易混淆片語）**cast an eye on** 粗略地看一下

（應用例句）

例句關鍵單字
1 guy 傢伙、男子
2 suspicious 可疑的
3 baby 嬰兒、孩子

» Please ***keep an eye on*** that guy[1] who looks so suspicious[2].
　那個人行跡可疑，請密切關注他。

1. I need someone to ***keep an eye on*** my baby[3] when I go out.

🔊 _____

💬 keep healthy ⓥ keep up with...
「保持健康」or「跟上……」?

keep healthy [kip ˋhɛlθɪ] 保持健康

(易混淆片語) keep up with... 跟上……

例句關鍵單字
1 exercise 運動
2 help 說明
3 greatly 很、大大地

(應用例句)

» Exercise[1] helps[2] to ***keep healthy***.
　運動有助於保持身體健康。

2. Eat lots of fruits will greatly[3] help to ***keep healthy***.

🔊 _____

💬 keep in touch with... ⓥ touch on
「保持聯繫」or「提起」?

keep in touch with... [kip ɪn tʌtʃ wɪð]
與……保持聯繫

(易混淆片語) touch on 提起、談到

例句關鍵單字
1 graduation 畢業
2 sister 姐姐
3 email 電子郵件

(應用例句)

» We ***keep in touch with*** each other all the time after graduation[1].
　我們畢業之後還一直保持著聯繫。

3. I ***keep in touch with*** my sister[2] by email[3].

🔊 _____

💬 keep off ⓥ be well off
「讓開」or「處境好」?

keep off [kip ɔf] 讓開、不要接近

易混淆片語 **be well off** 處境好

應用例句

» Please make sure the kids[1] **_keep off_** the lawn[2].
請不要讓小孩們靠近草坪。

📝 應用練習

4. You'd better **_keep off_** the dog[3], or it will bite[4] you.

🖎

💬 knock on... ⓥ get the knock
「敲」or「喝醉」?

knock on... [nɑk ɑn] 敲⋯⋯

易混淆片語 **get the knock** 喝醉

應用例句

» Who is **_knocking on_** my door[1] at mid-night[2]?
半夜誰在敲我的門?

📝 應用練習

5. Do you hear someone[3] **_knocking on_** the door?

🖎

Answers 中譯參考

1. 我需要有人在我出們的時候看顧一下我的孩子。
2. 多吃水果有益身體健康。
3. 我和姐姐透過電子郵件保持聯繫。
4. 你最好不要接近那條狗,否則牠會咬你。
5. 你聽到有人在敲門嗎?

L —

💬 laugh at ⓥ have the last laugh
「嘲笑」or「笑到最後」？

laugh at [ˈlæf æt] 嘲笑

1 boy 男孩
2 mistake 錯誤
3 polite 禮貌的
4 public 公眾的

(易混淆片語) **have the last laugh** 笑到最後

(應用例句)

» They *laugh at* the boy[1] whenever he makes a mistake[2].
每次男孩犯錯，他們都嘲笑他。

↱ 應用練習

1. It is not polite[3] for you to *laugh at* others in public[4].
🖎

💬 lead to ⓥ lead nowhere
「導致」or「徒勞無功」？

lead to [lid tu] 導致、導向

例句關鍵單字

1 road 路
2 mention 提到
3 chemical 化學的
4 cancer 癌症

(易混淆片語) **lead nowhere** 徒勞無功

(應用例句)

» This road[1] doesn't *lead to* the Royal Hotel you mentioned[2].
這條路不通往你說的那個皇家酒店。

↱ 應用練習

2. Believe it or not, such chemical[3] will *lead to* cancer[4].
🖎

💬 leak out ⓥ spring a leak
「洩漏」or「出現漏縫」？

leak out [lik aut] **洩漏**

(易混淆片語) **spring a lcak 出現漏縫**

(應用例句)

» Someone found that the petrol[1] in the tank[2] was ***leaking out***.
有人發現油箱裡的汽油正往外漏。

📌 **應用練習**

3. No one found[3] that the oil on board[4] was ***leaking out***.
🖙

例句關鍵單字
1 petrol 汽油
2 tank 油箱
3 found 發現（find 的過去式）
4 board 甲板

💬 lend...to ⓥ lend a willing ear to
「借……給」or「傾耳聆聽」？

lend...to [lɛnd tu] **借……給**

(易混淆片語) **lend a willing ear to 自發地傾耳聆聽**

(應用例句)

» Will you ***lend*** your English dictionary[1] ***to*** me tonight[2]?
今晚你能把你的英語字典借給我嗎？

📌 **應用練習**

4. Could you ***lend*** your fancy[3] car to ***me*** this weekend?
🖙

例句關鍵單字
1 dictionary 字典
2 tonight 今晚
3 fancy 昂貴的

Answers 中譯參考

1. 當眾嘲笑別人是很不禮貌的行為。
2. 信不信由你，這種化學物質會導致癌症。
3. 沒有人發現船上的石油正往外漏。
4. 這個週末是否能借我你的名車？

💬 let go of ⓥ let in
「鬆手」or「讓……進入」？

let go of [lɛt go ɑv] 鬆手、放開

(易混淆片語) let in 讓……進入

(應用例句)

» Will the terrorists[1] **_let go of_** the hostages[2] this time?
恐怖分子這次會釋放人質嗎？

↱ 應用練習

1. The kid got angry[3] and shouted[4] "**_Let go of_** me!"
📢

💬 lie in ⓥ lie to sb.
「在於……」or「說謊」？

lie in [laɪ ɪn] 在於……

(易混淆片語) lie to sb. 對某人說謊

(應用例句)

» The major difficulty[1] **_lies in_** finding a good film script[2].
最主要的困難在於找到一個好的電影劇本。

↱ 應用練習

2. The secret[3] of her beauty **_lies in_** her smile[4], not her looks.
📢

💬 limit to ⓥ to the utmost limit
「限於」or「到極限」?

limit to [ˈlɪmɪt tu] 限於

(易混淆片語) to the utmost limit 到極限

(應用例句)

» It would be easier[1] for the students to write[2] if you *limit* them *to* 300 words.
如果你把字數限制在三百字以內，學生們寫起來就容易多了。

↱ 應用練習

3. They *limited* themselves *to* a glass[3] of wine[4] each.

📢

例句關鍵單字
1 easier 更容易的（easy 的比較級） 2 write 寫 3 glass 杯子 4 wine 酒

💬 little by little ⓥ make little of
「逐漸地」or「不重視」?

little by little [ˈlɪtl̩ baɪ ˈlɪtl̩]
一點一點地、漸漸地

(易混淆片語) make little of 不重視

(應用例句)

» If you work hard[1], you can learn[2] English well *little by little*.
如果你勤奮學習的話，你就能一點一點地把英語學好。

↱ 應用練習

4. I am so glad[3] that his health is improving[4] *little by little*.

📢

例句關鍵單字
1 hard 努力地 2 learn 學習 3 glad 開心的 4 improve 改善、變得更好

Answers 中譯參考

1. 這個孩子生氣地喊著：「放開我！」
2. 她美麗的祕密來自於她的微笑而不是她的外表。
3. 他們規定自己每個人只能喝一杯酒。
4. 他的健康狀況正在逐漸好轉，這讓我感到很開心。

💬 live on ⚡ live and learn
「靠……生活」or「活到老學到老」?

live on [lɪv ɑn] 靠……生活

(易混淆片語) **live and learn** 活到老學到老

(應用例句)

1 couple 夫婦
2 pension 養老金
3 credit 信譽、貸款

» The old couple[1] next door **_live on_** a small pension[2].
隔壁的老夫婦靠著微薄的養老金過活。

✏ 應用練習

1. You cannot **_live on_** credit[3], you must find a job.

💬

💬 live up to ⚡ put into practice
「達到」or「付諸實行」?

live up to [lɪv ʌp tu] 達到、遵循

(易混淆片語) **put into practice** 付諸實行

(應用例句)

1 believe 相信
2 promise 諾言
3 expectation 期望

» I don't believe[1] that he will **_live up to_** his promise[2].
我不相信他會實踐自己的諾言。

✏ 應用練習

2. I felt it was hard for me to **_live up to_** his expectations[3].

💬

📺 lock...out ⓥ lock one's fingers together
「把……關在外面」or「緊扣手指」？

lock...out [lɑk aʊt]　把……關在外面

(易混淆片語) **lock one's fingers together**
緊扣手指

(應用例句)

» I can't believe that he ___locked___ himself ___out___ last night[1].
　我真不敢相信，他昨晚居然把自己鎖在外頭。

👉 應用練習

3. You'd better take the key[2] in case your father[3] ___locks___ you ___out___.
✍

例句關鍵單字

1 night 夜晚
2 key 鑰匙
3 father 爸爸、父親

📺 lose one's nerve ⓥ lose one's life
「不知所措」or「喪生」？

lose one's nerve [luz wʌns nɝv]
不知所措、失去勇氣

(易混淆片語) **lose one's life**　喪生

(應用例句)

» He began[1] to ___lose his nerve___ after the
failure[2] last time.
　上次失敗之後，他就開始失去勇氣了。

👉 應用練習

4. He ___lost his nerve___ when he saw his house burning[3] into nothing[4].
✍

例句關鍵單字

1 began 開始
　（begin 的過去
　式）
2 failure 失敗
3 burn 燃燒
4 nothing 沒有東
　西、什麼也沒有

Answers 中譯參考

1. 你不能靠借貸過活，你必須找份工作。
2. 我感覺自己很難達到他的期望。
3. 你最好帶著鑰匙，以防你爸爸把你鎖在門外。
4. 當他看到自己的房子著火時，他就不知所措了。

M—☝

💬 major in ⓥⓢ major subjects
誰「主修」？

major in [ˈmedʒɚ ɪn] 主修、專攻

(易混淆片語) major subjects 主修科目

(應用例句)

> I ***majored in*** law[1] at college[2]. What about you?
> 我大學的時候主修法律。你呢？

↗ 應用練習

1. Are you ***majoring in*** English Literature[3]?
🖙 _____

例句關鍵單字
1 law 法律
2 college 大學
3 literature 文學

💬 make a bold try ⓥⓢ as bold as brass
「大膽嘗試」or「厚臉皮」？

make a bold try [mek ə bold traɪ]
做了一個大膽嘗試

(易混淆片語) as bold as brass 厚臉皮

(應用例句)

> Dad ***made a bold try*** for going into trade[1].
> 爸爸做了一個大膽嘗試去經商。

↗ 應用練習

2. Why don't you ***make a bold try*** to elope[2] with her?
🖙 _____

例句關鍵單字
1 trade 貿易
2 elope 私奔

💬 make a fuss over minor things ⓥⓢ alike with minor differences
「大驚小怪」or「大同小異」？

make a fuss over minor things

[mek ə fʌs ˋovɚ ˋmainɚ θɪŋz] **大驚小怪**

例句關鍵單字
1 any 任何
2 more 另外
3 immature 不成熟

(易混淆片語) **alike with minor differences**
大同小異

(應用例句)

» Please do not ***make a fuss over minor things*** any[1] more[2].
請你不要再大驚小怪了。

☞ 應用練習

3. It's immature[3] to ***make a fuss over minor things*** all the time.
🖎 _____

💬 make a mistake ⓥⓢ be mistaken for
「犯錯」or「誤認」？

make a mistake [mek ə məˋstek] **犯錯**

例句關鍵單字
1 correct 改正
2 sad 難過、傷心
3 everyone 每個人

(易混淆片語) **be mistaken for** 誤認為

(應用例句)

» If you ***make a mistake***, correct[1] it right away.
如果你犯了錯，那就馬上糾正它。

☞ 應用練習

4. Don't be sad[2], everyone[3] ***makes mistakes***.
🖎 _____

Answers 中譯參考

1. 你的主修是英國文學嗎？
2. 你為什麼不冒險跟她私奔呢？
3. 一直大驚小怪是不成熟的表現。
4. 別難過，每個人都會犯錯。

💬 make capital (out) of sth. 🆚 speak in capitals 「利用某事獲利」or「強調」?

make capital (out) of sth.

[mek ˋkæpətḷ (aʊt) ɑv ˋsʌmθɪŋ] **利用某事獲利**

1 drug 毒品
2 peddle 販賣
3 selfish 自私的
4 accident 事故

(易混淆片語) **speak in capitals** 強調

(應用例句)

» He ***made capital out of*** drug[1] peddling[2].
他利用販毒來獲利。

➦ 應用練習

1. It's selfish[3] of you to ***make capital out of*** this accident[4].

✍

💬 make pale by comparison 🆚 beyond comparison 「相形見絀」or「無與倫比的」?

make pale by comparison

[mek pel baɪ kəmˋpærəsṇ] **相形見絀**

1 eloquence 口才
2 interview 採訪
3 garden 花園
4 lawn 草坪

(易混淆片語) **beyond comparison**
無與倫比的、無可匹敵的

(應用例句)

» His eloquence[1] ***made*** my interview[2] ***pale by comparison***.
他的口才使我的採訪相形見絀。

➦ 應用練習

2. Your beautiful garden[3] ***makes*** my lawn[4] ***pale by comparison***.

✍

Level 1

基礎片語

💬 make progress in... ⓥ in progress
「有進展」or「在進行中」？

make progress in... [mek ˋprɑgrɛs ɪn]
在……有進展

(易混淆片語) **in progress** 在進行中

(應用例句)

> » I am very eager[1] to ***make progress in*** my work[2].
> 我很積極地使工作有所進展。

↪ 應用練習

3. It's not so difficult[3] to ***make progress in*** English study[4].

✍

例句關鍵單字
1 eager 熱切的
2 work 工作
3 difficult 困難的
4 study 學習

💬 make sb. drowsy ⓥ feel drowsy
「使人昏昏欲睡」or「昏昏欲睡」？

make sb. drowsy

[mek ˋsʌmˏbɑdɪ ˋdraʊzɪ] **使人昏昏欲睡**

(易混淆片語) **feel drowsy** 昏昏欲睡

(應用例句)

> » The light[1] music[2] ***makes*** me ***drowsy***.
> 這首輕音樂使我昏昏欲睡。

↪ 應用練習

4. Why do some medicines[3] ***make*** people ***drowsy***?

✍

例句關鍵單字
1 light 輕的
2 music 音樂
3 medicine 藥物

Answers 中譯參考

> 1. 你利用這事故來獲利真自私。
> 2. 你那美麗的花園使我的草坪相形見絀。
> 3. 在英語學習上取得進步並沒有那麼難。
> 4. 為什麼有些藥物使人昏昏欲睡？

💬 make sense ⓥⓢ in a sense
「有意義」or「某種意義上來説」?

make sense [mek sɛns] **有意義、使人懂**

(易混淆片語) **in a sense** 在某種意義上來説

(應用例句)

» I am afraid[1] that your explanation[2] does not *make sense*.
恐怕您的解釋並無任何意義。

👉 應用練習

1. Why not try[3] to *make sense* of something[4] that doesn't *make sense*.

✍

例句關鍵單字
1 afraid 害怕
2 explanation 解釋
3 try 試著
4 something 某些事

💬 make something of... ⓥⓢ something else
「從中得利」or「別的什麼」?

make something of...

[mek ˈsʌmθɪŋ ɑv] **從……中得利**

(易混淆片語) **something else** 別的什麼

(應用例句)

» Don't try to *make something of* this case[1]!
不要妄想從這件事中得到任何好處!

👉 應用練習

2. Try to fully[2] *make something of* our knowledge[3] at work.

✍

例句關鍵單字
1 case 事件
2 fully 充分地
3 knowledge 知識

💬 make sth. of / from sth. 🆚 make up for
「製作某物」or「彌補」？

make sth. of / from sth.
[mek ˋsʌmθɪŋ ɑv / frɑm ˋsʌmθɪŋ]
從某物中製作出某物

(易混淆片語) **make up for** 彌補、補償

(應用例句)
» You can ***make*** a table[1] ***of*** this board[2].
  你能用這塊木板做成桌子。

↱ 應用練習
3. My mother used to ***make*** wine[3] ***from*** beets[4].
🔊

例句關鍵單字
1 table 桌子
2 board 木板
3 wine 酒
4 beet 甜菜根

💬 make use of sth. 🆚 of no use
「利用某物」or「沒有用的」？

make use of sth. [mek juz ɑv ˋsʌmθɪŋ]
利用某物

(易混淆片語) **of no use** 沒有用的

(應用例句)
» We should ***make*** good ***use of*** our time[1].
  我們應該好好利用時間。

↱ 應用練習
4. Why not ***make use of*** this chance[2] to learn[3]?
🔊

例句關鍵單字
1 time 時間
2 chance 機會
3 learn 學習

Answers 中譯參考
1. 為什麼不把沒意義的事情變得有意義呢？
2. 在工作中試著充分利用我們的知識。
3. 我母親過去用甜菜根來釀酒。
4. 為什麼不好好利用這次學習的機會呢？

💬 measure up 🆚 be the measure of sth.
「合格」or「衡量標準」？

measure up [ˈmɛʒɚ ʌp]　**合格、符合標準**

例句關鍵單字

(易混淆片語) **be the measure of sth.**
　　　　　　成為衡量某事物的標準

1 shop 商店
2 suit （一套）衣服
3 because 因為

(應用例句)

　» Why not go to the shop[1] to be ***measured up*** for your suit[2]?
　　為什麼不去商店量身訂做衣服？

✒ 應用練習

1. Mary did not get the job because[3] she did not ***measure up***.

🖎 _____

💬 mention of... 🆚 not worth mentioning
「提及」or「不值得一提」？

mention of... [ˈmɛnʃən ɑv]　**提及……**

例句關鍵單字

(易混淆片語) **not worth mentioning**
　　　　　　不值得一提

1 news 新聞
2 serious 嚴重的
3 booklist 書目
4 information 資料

(應用例句)

　» The news[1] today made no ***mention of*** the
　　serious[2] earthquake.
　　今天的新聞居然沒提到這次嚴重的地震。

✒ 應用練習

2. The ***mention of*** booklist[3] is only for the information of readers[4].

🖎 _____

💬 mess with ⓥ meddle in
「干擾」or「干預」?

mess with [mɛs wɪð] **干擾、干預**

(易混淆片語) **meddle in** 干預

(應用例句)

» Never[1] *mess with* the laws of nature[2].
不要打亂自然法則。

(例句關鍵單字)
1 never 不要
2 nature 自然
3 know 知道、瞭解
4 truth 事實

↪ 應用練習

3. Do not *mess with* me, I know[3] the truth[4].

👆 _____

💬 more or less ⓥ further more
「或多或少」or「進一步說明」?

more or less [mor ɔr lɛs] **或多或少**

(易混淆片語) **further more** 進一步說明

(應用例句)

» Our living condition[1] has *more or less* improved[2].
我們的生活條件多少有些改善了。

(例句關鍵單字)
1 condition 條件
2 improve 改善

↪ 應用練習

4. It took me *more or less* a whole day to finish it.

👆 _____

💬 move on 🆚 move forward
「繼續進行」or「前進」?

move on [muv ɑn] 繼續進行

例句關鍵單字

易混淆片語 move forward 前進

1 accept 接受
2 failure 失敗
3 next 下一個
4 topic 話題

應用例句

» You'd better accept[1] your failures[2] and **_move on_**.
你最好接受失敗然後繼續前行。

✎ **應用練習**

5. Could we **_move on_** to the next[3] topic[4]?

✍

Answers 中譯參考

1. 瑪麗沒得到那份工作，因為她不符合標準。
2. 所提及的書目只是為讀者提供資訊。
3. 別耍我，我瞭解實情。
4. 我用了差不多一整天時間把這完成。
5. 我們可以討論下一個話題了嗎？

N—⚫

💬 never too old to learn ⓥ as of old
「學無止境」or「一如既往」?

never too old to learn

[ˈnɛvɚ tu old tu lɝn] **學無止境、活到老學到老**

(易混淆片語) **as of old 一如既往**

(應用例句)

» Remember[1] that we are *never too old to learn*.
記住我們要活到老學到老。

📌 **應用練習**

1. I always[2] believe[3] that *never too old to learn*.

✍

例句關鍵單字
1 remember 記住
2 always 總是、一直
3 believe 相信

💬 next to ⓥ next to nothing
「在……旁邊」or「差不多沒有」?

next to [nɛkst tu] **在……旁邊**

(易混淆片語) **next to nothing 差不多沒有**

(應用例句)

» There is a supermarket[1] *next to* the restaurant[2].
那個餐廳旁邊有一家超級市場。

📌 **應用練習**

2. Sam always likes to sit[3] *next to* pretty[4] girls.

✍

例句關鍵單字
1 supermarket 超級市場
2 restaurant 餐廳
3 sit 坐
4 pretty 漂亮的

Answers 中譯參考

1. 我一直相信學無止境。
2. 山姆總是喜歡坐在漂亮女生的身邊。

O—ㄜ

💬 object to 🆚 achieve one's object
「反對」or「達到目的」?

object to [ˈɑbdʒɪkt tu] 反對

易混淆片語 achieve one's object 達到目的

應用例句

» Does anyone[1] *object to* my opinion?
  有人反對我的意見嗎？

👉 **應用練習**

1. No one ventured[2] to *object to* boss[3]'s plan[4].
🖐

例句關鍵單字

1 anyone 任何人
2 venture 大膽提出
3 boss 老闆
4 plan 計畫

💬 occur to 🆚 think of　誰「想起」?

occur to [əˈkɝ tu] 想起、想到

易混淆片語 think of 想起

應用例句

» It never *occurs to* me to take a plane[1] home.
  我從沒想過坐飛機回家。

👉 **應用練習**

2. Does it ever *occur to* you to ask[2] a stranger[3] for help[4]?
🖐

例句關鍵單字

1 plane 飛機
2 ask 要求
3 stranger 陌生人
4 help 幫助

💬 omit doing sth. 🆚 omit an item from a list 「疏忽」or「略去」?

omit doing sth. [oˋmɪt ˋduɪŋ ˋsʌmθɪŋ]

疏忽做某事

(易混淆片語) **omit an item from a list**
從目錄中略去一項

例句關鍵單字

1 leave 離開
2 imagine 想像
3 examination 測驗
4 paper 紙

(應用例句)

» Don't ***omit locking*** the door when you leave[1].
離開的時候別忘了鎖門。

↱ 應用練習

3. I can never imagine[2] that you ***omitted writing*** your name on the examination[3] paper[4].

🖎 _____

💬 on a...mission 🆚 mission in life 「負有使命」or「天職」?

on a...mission [ɑn ə ˋmɪʃən]

負有……的使命

(易混淆片語) **mission in life** 天職

例句關鍵單字

1 manager 經理
2 situation 局面
3 seem 似乎
4 secret 秘密

(應用例句)

» The new manager[1] is ***on a mission*** to change the troubling situation[2].
這位新經理受命於改變這個令人頭疼的局面。

↱ 應用練習

4. It seems[3] that he is ***on a*** secret[4] ***mission*** now.

🖎 _____

Answers 中譯參考

1. 沒有人膽敢反對老闆的計畫。
2. 你是否曾想到要向陌生人求助？
3. 我真是不敢想像你居然沒在考試卷上寫名字。
4. 他似乎正執行一項祕密任務。

💬 once in a blue moon ⓥ promise sb. the moon 「千載難逢」or「無法兌現的承諾」?

once in a blue moon

[wʌns ɪn ə blu mun] **千載難逢**

(易混淆片語) **promise sb. the moon**
　　　　　 對某人做無法兌現的承諾

1 chance 機會
2 busy 忙碌的
3 visit 拜訪
4 parents 雙親

(應用例句)

　　» Don't you think it is a chance[1] *__once in a blue moon__*?
　　　你不認為這是一個千載難逢的好機會嗎?

✿ 應用練習

1. We are so busy[2] that we go home to visit[3] our parents[4] *__once in a blue moon__*.

🖙 _____

💬 on purpose ⓥ beside the purpose 「故意地」or「不適當地」?

on purpose [ɑn ˋpɝpəs] **故意地**

(易混淆片語) **beside the purpose** 不適當地

1 these 這些
2 swear 發誓
3 avoid 迴避

(應用例句)

　　» Betty seems to do these[1] things *__on purpose__*.
　　　貝蒂似乎是有意地做這些事。

✿ 應用練習

2. I swear[2] I never avoid[3] you *__on purpose__*.

🖙 _____

💬 on the edge of 🆚 have an edge on sb.
「在邊緣」or「勝過某人」?

on the edge of [ɑn ðə ɛdʒ ɑv]
在……邊緣

例句關鍵單字
1 cup 杯子
2 set 擺放
3 danger 危險

(易混淆片語) **have an edge on sb.** 勝過某人

(應用例句)

» I remember that the cup[1] was set[2] ***on the edge of*** the table.
我記得那個杯子之前是擺在桌子邊緣的。

✎ 應用練習

3. I didn't know I was ***on the edge of*** danger[3] at that time.
🖎

💬 on the list 🆚 be struck off the list
「在名單上」or「被除名」?

on the list [ɑn ðə lɪst] **在名單上**

例句關鍵單字
1 check 核對
2 each 每一個
3 anxiously 焦急地
4 search 搜尋

(易混淆片語) **be struck off the list** 被除名

(應用例句)

» Would you please check[1] each[2] name ***on the list***?
請核對一下名單上的每一個名字好嗎?

✎ 應用練習

4. Tony anxiously[3] searched[4] for his name ***on the list***.
🖎

Answers 中譯參考

1. 我們都很忙,難得回家探望父母。
2. 我發誓我不是有意迴避你的。
3. 當時我不知道我正處於極度危險的境地。
4. 湯尼焦急地在名單上搜尋他的名字。

💬 on the path to... 🆚 break a path
「在路上」or「開闢道路」？

on the path to... [ɑn ðə pæθ tu]
在通往……的路上

1 economic 經濟的
2 recovery 復甦
3 brighter 更光明的
4 future 未來

(易混淆片語) **break a path** 開闢道路

(應用例句)

» I believe our country is ***on the path to*** economic[1] recovery[2].
我相信我們的國家正走在經濟復甦的軌道上。

↪ 應用練習

1. We are ***on the path to*** a brighter[3] future[4].
✍

💬 out at (the) elbow 🆚 elbow grease
「衣衫襤褸」or「吃力的工作」？

out at (the) elbow [aʊt æt (ðə) ˋɛLbo]
衣衫襤褸

例句關鍵單字

1 sweater 毛衣
2 clothes 衣服
3 buy 買

(易混淆片語) **elbow grease** 吃力的工作

(應用例句)

» My father always wears that ***out at elbow*** sweater[1].
我父親總是穿著那件破舊的毛衣。

↪ 應用練習

2. Your clothes[2] are ***out at the elbow***. Why not buy[3] some new ones?
✍

💬 out of envy ⓥ lost in envy
「出於嫉妒」or「非常嫉妒」?

out of envy [aʊt ɑv ˋɛnvɪ] **出於嫉妒**

（易混淆片語）**lost in envy** 非常嫉妒

（應用例句）

» I am sorry; I said that only[1] **_out of envy_**.
很抱歉，我只是出於嫉妒說了那些話。

♪ 應用練習

3. Mary's indifferent[2] attitude[3] toward[4] Susan was **_out of envy_**.

🖎

（例句關鍵單字）

1 only 只是
2 indifferent 冷淡的
3 attitude 態度
4 toward 對於

💬 out of reach ⓥ within sb.'s reach
「拿不到」or「能力範圍內」?

out of reach [aʊt ɑv ritʃ] **拿不到**

（易混淆片語）**within sb.'s reach**
在某人力所能及的範圍內

（應用例句）

» Please keep[1] the drugs **_out of reach_** of children.
請將那些藥物放在孩子拿不到的地方。

♪ 應用練習

4. At present, the expensive[2] houses are **_out of reach_** of young[3] generation[4].

🖎

（例句關鍵單字）

1 keep 存放
2 expensive 昂貴的
3 young 年輕的
4 generation 階層、世代

Answers 中譯參考

1. 我們正走在通往光明未來的路上。
2. 你的衣服很破舊了。為什麼不買些新衣服呢？
3. 瑪麗對蘇珊冷漠的態度是出於嫉妒。
4. 如今昂貴的房價讓年輕世代望而卻步。

💬 over and over ⓥⓢ all over
「反覆」or「到處」?

over and over [ˋovɚ ænd ˋovɚ]

反覆、一遍又一遍

(易混淆片語) **all over** 到處、各方面

(應用例句)

» I hate doing the same[1] things *over and over* again.
我討厭重複地做同樣的事情。

1 same 相同的
2 emphasize 強調
3 still 仍然
4 wrong 錯的

↪ 應用練習

1. I emphasized[2] this issue *over and over*, but you still[3] did wrong[4].

✍️ _____

💬 owe to... ⓥⓢ own up   「歸功於」or「坦白」?

owe to... [o tu]

(1) 歸功於……(2) 由於……

(易混淆片語) **own up** 坦白

(應用例句)

» His success[1] should *owe to* his ability[2]
not luck.
他的成功應當歸功於他的能力而不是運氣。

例句關鍵單字

1 success 成功
2 ability 能力
3 achievement 成就
4 encouragement 鼓
勵

↪ 應用練習

2. All my achievements[3] *owe to* my mother's encouragements[4].

✍️ _____

Answers 中譯參考

1. 我再三強調此事，但你們還是出錯了。
2. 我所有的成就都是由於我媽媽的鼓勵。

P — 🤚

💬 pack off ⓥ pack up one's things
「送走」or「打包東西」?

pack off [pæk ɔf] 送走

(易混淆片語) **pack up one's things**
把自己的東西打包好

(應用例句)

» I wish[1] we could ***pack off*** my nephew[2] as soon as possible.
真希望我們可以快點送走姪子。

☝ 應用練習

1. Let's ***pack off*** these goods[3] to them at once[4].
👈

例句關鍵單字
1 wish 希望
2 nephew 姪子
3 goods 貨物
4 at once 馬上

💬 participate in ⓥ participate one's sufferings 「參加」or「分擔痛苦」?

participate in [pɑr`tɪsə‚pet ɪn]
參加、參與

(易混淆片語) **participate one's sufferings**
分擔某人的痛苦

(應用例句)

» How many people will ***participate in*** the meeting[1]?
多少人會參加這個會議?

☝ 應用練習

2. Would you like to ***participate in*** this game[2]?
👈

例句關鍵單字
1 meeting 會議
2 game 遊戲

Answers 中譯參考

1. 我們馬上把這些貨物發給他們吧!
2. 你願意參與這個遊戲嗎?

💬 pay attention to ⓥ pay one's debts
「注意」or「還債」？

pay attention to [pe əˈtɛnʃən tu] 注意到

易混淆片語 pay one's debts 還債

應用例句

» What else[1] should we ***pay attention to***?
我們還需要特別注意什麼嗎？

↗ 應用練習

1. Please ***pay attention to*** your behavior[2] in public[3].
✍

例句關鍵單字

1 else 其他
2 behavior 言談舉止、行為
3 in public 當眾

💬 pay off ⓥ hell to pay
「還清」or「麻煩的事」？

pay off [pe ɔf] 償清、還清

易混淆片語 hell to pay 麻煩的事情

應用例句

» You'd better ***pay off*** your credit[1] card[2] in time.
你最好及時還清你的信用卡帳單。

↗ 應用練習

2. I am afraid that you have to ***pay off*** the mortgage[3] this year.
✍

例句關鍵單字

1 credit 信用
2 card 卡
3 mortgage 抵押借款

💬 persuade sb. into doing 🆚 persuade sb. by taking oneself as an example
「説服某人」or「現身説法」?

persuade sb. into doing
[pɚˈswed ˈsʌmˌbɑdɪ ˈɪntu ˈduɪŋ]
説服某人做某事

例句關鍵單字

1 give up 放棄
2 attempt 企圖、嘗試
3 husband 老公
4 exercise 運動

易混淆片語 **persuade sb. by taking oneself as an example**
現身説法

應用例句

» I am trying to ***persuade*** him ***into*** giving up[1] the attempt[2].
我正力圖勸他放棄這種嘗試。

✒ 應用練習

3. How can I ***persuade*** my husband[3] ***into*** doing exercises[4] everyday?

✍

💬 pick up 🆚 pick a hole in 「撿起」or「挖洞」?

pick up [pɪk ʌp] 撿起、領取

易混淆片語 **pick a hole in**
在……上挖洞、對……吹毛求疵

例句關鍵單字

1 hang 掛
2 hook 鉤子
3 parcel 包裹
4 post office 郵局

應用例句

» Jack, ***pick up*** your jacket and hang[1] it on the hook[2].
傑克，撿起你的夾克並掛起來。

✒ 應用練習

4. Will you please ***pick up*** my parcel[3] at the post office[4]?

✍

Answers 中譯參考
1. 在公共場所請留意你的言談舉止。
2. 恐怕你今年必須償清抵押借款。
3. 我要怎樣勸我老公每天做運動呢？
4. 請你到郵局把我的包裹領回來好嗎？

💬 piece together 🆚 a piece of
「拼湊」or「一塊」?

piece together [pis tə'gɛðər] **拼湊、湊合**

(易混淆片語) **a piece of** 一塊、一片

例句關鍵單字

1 detective 偵探
2 fact 事實
3 memory 記憶
4 childhood 童年

(應用例句)

» The detective[1] tried to ***piece together*** the facts[2].
這個偵探試圖把事實拼湊起來。

✦ 應用練習

1. I still can not ***piece together*** memories[3] of my childhood[4].

📝

💬 pile up 🆚 pile on　「堆積」or「湧上」?

pile up [paɪl ʌp] **堆積、積累**

例句關鍵單字

1 dirty 髒的
2 like 像是
3 mountain 山
4 yourself 你自己

(易混淆片語) **pile on**
　　　　　　湧上（巴士、火車、飛機等）

(應用例句)

» Your dirty[1] clothes ***pile up*** like[2] a mountain[3].
你的髒衣服堆積成山了。

✦ 應用練習

2. Remember never ***pile up*** problems for yourself[4].

📝

💬 play a role in 🆚 play on one's weaknesses
「在……發揮作用」or「利用某人弱點」？

play a role in [ple ə rol ɪn]
在……發揮作用、在……扮演角色

(易混淆片語) **play on one's weaknesses**
利用某人的弱點

(應用例句)

» She can ***play a*** significant[1] ***role in***
resolving conflicts[2] within the team.
她可以在解決團隊內部衝突方面發揮重要作用。

↪ **應用練習**

3. Kelly ***plays an*** important[3] ***role in*** the movie[4].
✍

例句關鍵單字

1 significant 有意義
的、重要的
2 conflict 衝突
3 important 重要的
4 movie 電影

💬 play away 🆚 in full play
「浪費」or「正起勁」？

play away [ple ə'we] **浪費、玩掉**

(易混淆片語) **in full play** 正起勁

(應用例句)

» The young man ***played away*** his youth[1].
這個年輕人虛度了青春。

↪ **應用練習**

4. My uncle[2] ***played away*** almost[3] all his savings[4] last year.
✍

例句關鍵單字

1 youth 青春
2 uncle 叔叔
3 almost 幾乎
4 savings 積蓄

Answers 中譯參考

1. 我還是無法拼湊起童年的回憶。
2. 記住，不要為自己累積問題。
3. 凱莉在這部電影中扮演一個重要的角色。
4. 我叔叔去年幾乎把他全部的積蓄都花光了。

💬 point to vs away from the point
「表明」or「離題」?

point to [pɔɪnt tu] 表明、説明

例句關鍵單字
1 evidence 證據
2 guilt 罪行
3 particular 具體的
4 reason 原因

易混淆片語 away from the point
不得要領、離題

應用例句

» It seems that all the evidences[1] **point to** his guilt[2].
似乎一切證據都表明他有罪。

應用練習

1. I can't **point to** any particular[3] reason[4] for this failure.
✍

💬 pose a problem for vs pose a threat to
「造成困難」or「造成威脅」?

pose a problem for

[poz ə ˈprɑbləm fɔr] 給……造成困難

例句關鍵單字
1 deficit 赤字
2 company 公司
3 death 去世

易混淆片語 pose a threat to
對……造成威脅

應用例句

» The deficit[1] has **posed a problem for** our company[2].
赤字已經給我們公司造成了很大的困擾。

應用練習

2. Their only son's death[3] **posed a problem for** the whole family.
✍

💬 pour cold water on 🆚 pour out
「潑冷水」or「湧出」?

pour cold water on

[por kold `wɔtɚ ɑn] **對……潑冷水**

易混淆片語 **pour out** 湧出

應用例句

» Don't always ***pour cold water on*** your kid's[1] idea[2].
不要總是潑你孩子冷水。

☛ 應用練習

3. You'd better not ***pour cold water on*** his optimism[3].
🗨

例句關鍵單字
1 kid 孩子
2 idea 想法
3 optimism 樂觀

💬 prepare for 🆚 prepare to
「做準備」or「準備做」?

prepare for [pri`pɛr fɔr] **為……做準備**

易混淆片語 **prepare to** 準備做

應用例句

» Have you ***prepared*** well ***for*** the examination?
你為考試做好準備了嗎?

☛ 應用練習

4. Everybody should hope[1] for the best[2] and ***prepare for*** the worst[3].
🗨

例句關鍵單字
1 hope 希望
2 best 最好的
3 worst 最壞的

Answers 中譯參考

1. 這次失敗我說不出具體原因來。
2. 他們獨子的去世使整個家庭陷入困境。
3. 你最好別給他的樂觀態度潑冷水。
4. 每個人都應該抱最好的希望,做最壞的打算。

💬 prepare the ground for 🆚 on the ground of
「為某事鋪路」or「以……的理由」?

prepare the ground for

[prɪˋpɛr ðə graʊnd fɔr]　**為某事鋪路**

(易混淆片語) **on the ground of**
　　　　　以……的理由、因為

(應用例句)

» We have ***prepared the ground for*** our next performance[1].
我們開始為下次的表演做準備。

↗ **應用練習**

1. Your parents[2] have ***prepared the ground for*** your future[3].
🖎

💬 press on 🆚 press one's way through a crowd　「強加於」or「從人群中走過去」?

press on [prɛs ɑn]　**強加於**

(易混淆片語) **press one's way through a
crowd　從人群中擠過去**

(應用例句)

» We must ***press on*** with the project[1]
without delay[2].
我們要毫不拖延地加緊進行這項工程。

↗ **應用練習**

2. Although[3] the job is a little boring[4], let us ***press on*** with it.
🖎

💬 prove to sb. vs prove one's point
「向某人證明」or「證明某人觀點」？

prove to sb. [pruv tu `sʌmˌbɑdɪ]
向某人證明

(易混淆片語) **prove one's point**
　　　　　　證明某人的觀點是有根據的

(應用例句)

　» I will ***prove to*** everyone that my success
　　is due[1] to constant[2] endeavor[3].
　　我要向所有人證明我的成功源於我不懈的努力。

↗ 應用練習

3. I hope you could ***prove to*** us that you are qualified[4] for the job.
✍

> **例句關鍵單字**
>
> 1 due 由於
> 2 constant 持續不懈
> 　的
> 3 endeavor 努力
> 4 qualified 夠資格的

💬 provide with vs provide for
「提供」or「為……做準備」？

provide with [prə`vaɪd wɪð] **提供**

(易混淆片語) **provide for** 為……做準備

(應用例句)

　» Please ***provide*** us ***with*** quotations[1] and
　　samples[2].
　　請把報價單和樣品提供給我們。

↗ 應用練習

4. She said her boyfriend can't ***provide*** her ***with*** a sense[3] of security[4].
✍

> **例句關鍵單字**
>
> 1 quotation 報價
> 2 sample 樣品
> 3 sense 感覺
> 4 security 安全

💬 put on 🆚 put off   「穿上」or「推遲」?

put on [prəˋvaɪd wɪð] 穿上

易混淆片語 put off 推遲、暫緩

應用例句

» Why not ***put on*** you new dress[1], Lily?
莉莉，妳為什麼不穿上妳的新洋裝呢？

✎ 應用練習

5. He ***put on*** a nice[2] clean[3] shirt[4] and went to work.
🖎

例句關鍵單字

1 dress 洋裝
2 nice 漂亮的、好的
3 clean 乾淨的
4 shirt 襯衫

Answers 中譯參考

1. 你的父母已經為你的未來鋪好了路。
2. 儘管這項工作有些無聊，我們還是趕緊做吧。
3. 我希望你能夠像我們證明你可以勝任這份工作。
4. 她說她的男朋友無法給她安全感。
5. 他穿了件漂亮乾淨的襯衫去上班。

Q —👆

💬 quote out of context 🆚 in the context of
「斷章取義」or「在⋯⋯情況下」?

quote out of context

[kwot aut ɑv ˋkɑntɛkst] 斷章取義

易混淆片語 in the context of 在⋯⋯情況下

應用例句

» Would you please not ***quote*** my saying[1] ***out of context***?
請你別對我的話斷章取義好嗎？

✎ 應用練習

1. The reporter[2] ***quoted*** me ***out of context***.
🖎

例句關鍵單字

1 saying 話、言論
2 reporter 記者

Answers 中譯參考

| 1. 記者對我的話斷章取義。

R — ✌

💬 rain cats and dogs ⓥⓢ torrential rain
哪一種「傾盆大雨」?

rain cats and dogs

[ren kætz ænd dɔgz]　**下傾盆大雨**

易混淆片語　**torrential rain**　傾盆大雨

應用例句

» Don't go out today[1], because it will ***rain cats and dogs***.
今天會下傾盆大雨,所以不要出門。

↱ 應用練習

1. It began[2] to ***rain cats and dogs*** on our way home.
🖎

> 例句關鍵單字
>
> 1 today 今天
> 2 began 開始
> (begin 的過去式)

💬 rank among ⓥⓢ rank above
「屬於……之間」or「高於」?

rank among [ræŋk əˈmʌŋ]　**屬於……之間**

易混淆片語　**rank above**　高於

應用例句

» Do I ***rank among*** the winners[1]?
我算是一個勝利者嗎?

↱ 應用練習

2. Does Susan ***rank among*** your best friends[2]?
🖎

> 例句關鍵單字
>
> 1 winner 勝利者
> 2 friend 朋友

💬 react against vs react on
「反抗」or「起作用於」？

react against [rɪˈækt əˈgɛnst] 反抗

易混淆片語 react on 起作用於

應用例句

» Many young[1] people *react against* traditional[2] values.
  許多年輕人反對傳統的價值觀。

應用練習

3. It's normal[3] that children *react against* their parents sometimes[4].
👈

例句關鍵單字

1 young 年輕的
2 traditional 傳統的
3 normal 正常的
4 sometimes 有時

💬 realize one's dream vs fulfill one's ideal
「實現某人夢想」or「實現理想」？

realize one's dream

[ˈriəˌlaɪz wʌns drim] 實現某人的夢想

易混淆片語 fulfill one's ideal 實現理想

應用例句

» I am sure[1] that I will *realize my dream* one day!
  我相信總有一天我的夢想會實現的！

應用練習

4. How does Lucy plan to *realize her dream* of being a super[2] star[3]?
👈

例句關鍵單字

1 sure 確信
2 super 超級的
3 star 明星

💬 recognize as ⓥ recognize a person from a description 「認為是……」or「從描述認出」?

recognize as [ˋrɛkəgˌnaɪz æz]
認為是……、承認

易混淆片語 **recognize a person from a description** 從描述中認出某人

應用例句

» We ***recognize*** him ***as*** our example[1] to follow[2].
我們認為他是我們學習的榜樣。

⤴ 應用練習

5. The professor[3] doesn't ***recognize*** Mike ***as*** his student[4].
🔊

例句關鍵單字

1 example 榜樣
2 follow 學習、跟隨
3 professor 教授
4 student 學生

💬 regard A as B ⓥ with regard to 「把 A 視為 B」or「關於」?

regard A as B [rɪˋgɑrd e æz bi]
把 A 視為 B

易混淆片語 **with regard to** 關於

應用例句

» I ***regard*** Stephen ***as*** my best[1] friend.
我把史蒂芬當作最好的朋友。

⤴ 應用練習

6. All my friends[2] ***regard*** him ***as*** a man of men.
🔊

例句關鍵單字

1 best 最好的
2 friend 朋友

Answers 中譯參考

1. 在我們回家的路上下起了傾盆大雨。
2. 蘇珊算你最好的朋友之一嗎？
3. 孩子們有時反對父母親是正常的。
4. 露西打算如何實現她的明星夢？
5. 這位教授不承認麥克是他的學生。
6. 我所有的朋友都認為他是男人中的男人。

💬 remember to do 🆚 remember of
「記得做某事」or「記得」?

remember to do [rɪˋmɛmbɚ tu du]
記得做某事

(易混淆片語) **remember of** 記得……

(應用例句)

» **_Remember to_** pay a visit[1] for your grandpa[2] tomorrow.
明天記得去看你爺爺啊！

🔸 **應用練習**

1. **_Remember to_** turn off the lights[3] before you go to bed.
🖰

例句關鍵單字
1 visit 拜訪
2 grandpa 爺爺
3 light 燈

💬 report to sb. 🆚 make a report of
「告發」or「做報告」?

report to sb. [rɪˋport tu ˋsʌmˏbadɪ]
向某人告發

(易混淆片語) **make a report of** 做報告

(應用例句)

» Staff[1] must **_report to_** the manager every other week[2].
每隔一個星期，員工就必須向經理彙報工作。

🔸 **應用練習**

2. You should **_report to_** the police[3] immediately[4]!
🖰

例句關鍵單字
1 staff 員工
2 week 星期
3 police 警察
4 immediately 馬上、立刻

💬 ring a bell 🆚 be in the ring for
「聽起來耳熟」or「參加競選」？

ring a bell [rɪŋ ə bɛl] 聽起來耳熟

(易混淆片語) **be in the ring for**
　　　　　　　參加……的競選

(應用例句)

> Does the name[1] Katharine ***ring a bell***?
> 凱薩琳這個名字有沒有很耳熟?

☞ 應用練習

3. It didn't ***ring a bell***, so please explain[2] it for me.

☞

例句關鍵單字

1 name 名字
2 explain 解釋

💬 rise up against 🆚 give rise to sth.
「反叛」or「引發」？

rise up against [raɪz ʌp əˈgɛnst]
反叛、反抗

(易混淆片語) **give rise to sth.**
(應用例句)　引發、導致某事

> Why[1] don't you ***rise up against*** them?
> 你為什麼不反抗他們呢?

☞ 應用練習

4. There were many enemies[2] ***rising up against*** me, I didn't know[3] what to do.

☞

例句關鍵單字

1 why 為什麼
2 enemy 敵人

Answers 中譯參考

1. 睡覺前別忘了關燈。
2. 你應該馬上報警!
3. 這並沒有讓我想起什麼,所以請你解釋一下。
4. 有很多敵人攻擊我,我不知道該怎麼辦。

💬 roar with laughter ⓥ in a roar
「哄堂大笑」or「哄笑的」？

roar with laughter [ror wɪð ˈlæftɚ]
哄堂大笑

1 joke 笑話
2 class 班級
3 movie 電影

(易混淆片語) **in a roar** 哄笑的

(應用例句)

» My joke[1] made the students in the class[2] ***roar with laughter***.
我講的笑話讓全班學生哄堂大笑。

✒ 應用練習

1. Such movie[3] often makes people ***roar with laughter***.
🖋

💬 root out ⓥ pull up one's roots
「根除」or「移居他鄉」？

root out [rut aʊt] **根除**

1 government 政府
2 determine 決心
3 corruption 腐敗
4 outdated 陳舊的、
　過時的

(易混淆片語) **pull up one's roots**
自久居之地移居他鄉

(應用例句)

» The government[1] determined[2] to ***root out*** the corruptions[3].
政府決心根除腐敗現象。

✒ 應用練習

2. Don't you think that the outdated[4] ideas should be ***rooted out***?
🖋

💬 run after 🆚 run about
「追趕」or「跑來跑去」？

run after [rʌn ˋæftɚ] **追趕**

易混淆片語 **run about** 跑來跑去

應用例句

> » If you **_run after_** two hares[1], you will catch[2] neither.
>
> 如果你同時追兩隻兔子，你一個也捉不住。

👉 應用練習

3. Susan is a beautiful[3] woman, a lot of men **_run after_** her.

✍

例句關鍵單字

1 hare 兔子
2 catch 趕上、捉住
3 beautiful 漂亮的、美麗的

💬 rush at 🆚 rush to a conclusion
「衝向」or「急於下結論」？

rush at [rʌʃ æt] **衝向**

易混淆片語 **rush to a conclusion** 急於下結論

應用例句

> » Run, the dog[1] is **_rushing at_** you.
>
> 快跑，那隻狗正向你撲過來。

👉 應用練習

4. You will probably[2] spoil[3] your work if you **_rush at_** it.

✍

例句關鍵單字

1 dog 狗
2 probably 大概、很可能
3 spoil 搞糟

Answers 中譯參考

1. 這種電影常使人們放聲大笑。
2. 你不認為陳舊的思想觀念應該根除嗎？
3. 蘇珊是個漂亮的女人，好多男人追她。
4. 在匆忙中完成工作可能會把工作搞砸的。

S —

💬 safe as houses 🆚 in sb.'s safe keeping
「非常安全」or「由某人保管」？

safe as houses [sef æz haʊsɪz]

非常安全、萬無一失

(易混淆片語) **in sb.'s safe keeping**
由某人保管

(應用練習)

例句關鍵單字
1 worry 擔心
2 boat 船
3 danger 危險
4 sinking 沉沒

» Don't worry[1], this place is ***safe as houses***.
別擔心，這個地方非常安全。

✏ 應用練習

1. The boat[2] is ***safe as houses***, there's no danger[3] of sinking[4].
👈

💬 sail for... 🆚 at full sail
「航向」or「開足馬力」？

sail for... [sel fɔr] **航向……**

(易混淆片語) **at full sail** 開足馬力

(應用例句)

例句關鍵單字
1 vessel 船、艦
2 husband 老公
3 Europe 歐洲

» This vessel[1] would ***sail for*** London within two days.
這艘船將在兩天之內駛往倫敦。

✏ 應用練習

2. My husband[2] ***sailed for*** Europe[3] yesterday afternoon.
👈

💬 save... from... ⑤ save on sth.
「從……救出」or「節約」？

save... from... [sev frɑm]
從……救出……

（易混淆片語）**save on sth.** 節約

（應用例句）

» Thank you very much for **_saving_** my son[1] **_from_** the earthquake[2].
非常感謝你把我兒子從地震中救出來。

🖋 應用練習

3. Oh, God. Please **_save_** us **_from_** all our sins[3] and evil[4]!

🖎

例句關鍵單字
1 son 兒子
2 earthquake 地震
3 sin 罪孽
4 evil 邪惡

💬 scout about for ⑤ scout at
「到處搜尋」or「譏笑」？

scout about for [skaut əˋbaut fɔr]
到處搜尋

（易混淆片語）**scout at** 譏笑

（應用例句）

» You'd better **_scout about for_** a new secretary[1].
你最好物色一個新祕書。

🖋 應用練習

4. We were **_scouting about for_** Peter, but failed[2].

🖎

例句關鍵單字
1 secretary 秘書
2 fail 失敗

Answers 中譯參考
1. 這艘船很安全，沒有沉沒的危險。
2. 我老公昨天下午搭船去歐洲了。
3. 喔，上帝。請把我們從罪孽和邪惡中解救出來！
4. 我們到處尋找彼得，但是沒找到。

💬 scream for ⓥⓢ scream curses
「強烈要求」or「高聲叫罵」？

scream for [skrim fɔr] **強烈要求**

易混淆片語 **scream curses** 高聲叫罵

1 raise 提高
2 pay 薪水
3 help 幫助

應用例句

» We ***scream for*** raising[1] our pay[2].
我們強烈要求調漲薪水。

♠ 應用練習

1. Why didn't you ***scream for*** help[3] at that time?
🗨

💬 search for ⓥⓢ search into
「尋找」or「調查」？

search for [sɝtʃ fɔr] **尋找**

例句關鍵單字

易混淆片語 **search into** 調查

1 lost 丟失的
2 book 書
3 know 知道

應用例句

» I must ***search for*** my lost[1] book[2].
我一定要找到我弄丟的書。

♠ 應用練習

2. May I know[3] what you are ***searching for***?
🗨

💬 seldom or never ⓥ now or never
「幾乎不」or「勿失良機」？

seldom or never [ˈsɛldəm ɔr ˈnɛvɚ]
簡直不、幾乎不

例句關鍵單字
1 parent 父母
2 scold 責備
3 mistake 錯誤

（易混淆片語）now or never 勿失良機

（應用例句）

» His parents[1] **_seldom or never_** scold[2] him.
他的父母極少責備他。

↪ 應用練習

3. Julie **_seldom or never_** made a mistake[3] in writing.

🖙

💬 send sth. to... ⓥ send sth. out
「把某物送到……」or「發出」？

send sth. to... [sɛnd ˈsʌmθɪŋ tu]
把某物送（寄）到……

例句關鍵單字
1 address 地址
2 photo 照片
3 hotel 旅館

（易混淆片語）send sth. out 發出

（應用例句）

» Will you **_send_** it **_to_** this address[1] in Japan?
請你把它寄到日本的這個地址好嗎？

↪ 應用練習

4. Please **_send_** those photos[2] **_to_** the hotel[3].

🖙

Answers 中譯參考
1. 你當時為什麼不大聲求救？
2. 我能知道你在尋找什麼嗎？
3. 茱莉在寫作時極少犯錯。
4. 請把那些照片寄到旅館來。

💬 serve for vs serve out
「充當」or「分配」?

serve for [sɝv fɔr] 充當、當作

例句關鍵單字

易混淆片語 serve out 分配

1 think 認為
2 bodyguard 保鏢
3 living **room** 客廳

應用例句

» I think[1] you could ***serve for*** my bodyguard[2].
我認為你可以充當我的保鏢。

✏ **應用練習**

1. The room will ***serve for*** living room[3].
🖎 _____

💬 set off vs set to do sth.
「出發」or「開始做某事」?

set off [sɛt ɔf] 出發

例句關鍵單字

易混淆片語 set to do sth.
　　　　　　　使開始、使著手做某事

1 yesterday 昨天
2 should 應該

應用例句

» They ***set off*** for London yesterday[1].
他們昨天就出發去倫敦了。

✏ **應用練習**

2. When do you think we should[2] ***set off***?
🖎 _____

💬 share with... vs come in for a share
「分享」or「得到分配」?

share with... [ʃɛr wɪð] 和……分享

(易混淆片語) **come in for a share** 得到分配

(應用例句)

» I have a funny[1] joke[2] to ***share with*** you.
  我有一個好笑的笑話要講給你聽。

↪ **應用練習**

3. Always ***share with*** others the best[3] thing you have.

✍

例句關鍵單字
1 funny 好笑的、有趣的
2 joke 笑話
3 best 最好的

💬 show off vs show one's true color
「賣弄」or「現出原形」?

show off [ʃo ɔf] 賣弄、炫耀

(易混淆片語) **show one's true color**
  現出原形、顯露出本性

(應用例句)

» Dr. Lee always ***shows off*** his learning[1].
  李博士總是賣弄他的學問。

↪ **應用練習**

4. He likes to ***show off*** his fortune[2].

✍

例句關鍵單字
1 learning 學問、學識
2 fortune 財富

Answers 中譯參考

1. 那個房間將當作客廳。
2. 你想我們應該什麼時候出發？
3. 永遠將最好的事物與別人分享。
4. 他很喜歡炫耀自己的財富。

💬 shut down ⓥ shut up
「關閉」or「閉嘴」?

shut down [ʃʌt daʊn] 關閉

易混淆片語 **shut up** 閉嘴

應用例句

例句關鍵單字

1 threaten 威脅
2 school 學校
3 restaurant 餐館

» They threatened[1] to ***shut down*** the school[2].
他們威脅要關閉這家學校。

📌 應用例句

1. Why was that restaurant[3] ***shut down*** last week?

👈

💬 sing another song ⓥ sing one's own praises 「改變作風」or「自吹自擂」?

sing another song [sɪŋ əˈnʌðɚ sɔŋ]
改變作風

易混淆片語 **sing one's own praises**
自吹自擂

應用例句

例句關鍵單字

1 let 讓
2 mayor 市長
3 abroad 國外

» Why not let[1] the girl ***sing another song***?
為什麼不讓女孩再唱一首歌呢?

📌 應用練習

2. Did you find that the mayor[2] ***sang another song*** after he got back from abroad[3]?

👈

💬 slow down vs go slow
「減速」or「慢慢走」?

slow down [slo daʊn]　減速

易混淆片語　go slow　慢慢走

應用例句

> » Could[1] you please ***slow down***?
> 可以請你開慢一點嗎?

📌 應用練習
3. Would[2] you ***slow down***, please?
✍

例句關鍵單字

1 could 能
2 would 將要、願意

💬 smooth over vs smooth down
「掩飾」or「弄平」?

smooth over [smuð ˋovɚ]

(1) 掩飾 (2) 平息

易混淆片語　smooth down
　　　　　弄平、變平靜、緩和

應用例句

> » Linda tried to ***smooth over*** her errors[1], but the teacher didn't buy[2] it.
> 琳達試圖掩飾她的錯誤,但老師不買她的帳。

📌 應用練習
4. The husband and wife agreed to ***smooth over*** their anger[3].
✍

例句關鍵單字

1 error 錯誤
2 buy 買
3 anger 怒氣、生氣

Answers 中譯參考
> 1. 那家餐廳上週為什麼沒有營業?
> 2. 你發現了嗎?市長從國外回來之後改變作風了。
> 3. 您能慢一點嗎?
> 4. 丈夫和妻子同意緩和他們的怒氣。

💬 speak the truth vs speak for oneself
「說真話」or「為自己辯護」?

speak the truth [spik ðə truθ] 說真話

(易混淆片語) **speak for oneself**
　　　　　　為自己辯護、陳述自己的意見

(應用例句)

» Children[1] should be taught[2] to ***speak the truth***.
孩童應該學會誠實。

1 children 兒童、孩子
2 taught 教（teach 的過去分詞）
3 then 當時

✍ **應用練習**

1. Why didn't you ***speak the truth*** then[3]?

✍ _____

💬 spill one's guts vs have no guts in sth.
「告密」or「毫無內容」?

spill one's guts [spɪl wʌns gʌts] 告密

(易混淆片語) **have no guts in sth. 毫無內容**

(應用例句)

» Mary decided[1] to ***spill her guts*** finally[2].
瑪麗終於決定說出實情。

1 decide 決定
2 finally 最終、終於
3 those 那些

✍ **應用練習**

2. I don't like those[3] who always ***spill other's guts***.

✍ _____

💬 spring out ⚔ spring up
「跳出」or「出現」?

spring out [sprɪŋ aʊt]
(1) 跳出 (2) 突然冒出

易混淆片語 spring up 出現

應用例句

» Oil[1] is ***springing out*** from the well[2].
   石油不斷地從井中湧出。

응 應用練習

3. A reporter[3] ***sprang out*** before me as soon as[4] I went out of the door.

💪

例句關鍵單字
1 oil 石油
2 well 井
3 reporter 記者
4 as soon as...
——……就……

💬 stand aside ⚔ aside from
「袖手旁觀」or「除此之外」?

stand aside [stænd əˈsaɪd]
袖手旁觀、站到一旁

易混淆片語 aside from 除此之外

應用例句

» No man could ***stand aside*** in such situation[1].
   在這種情況下,沒有人會袖手旁觀。

응 應用練習

4. Don't ***stand aside*** and let others[2] do your work[3]!

💪

例句關鍵單字
1 situation 情況
2 others 其他人
3 work 工作

Answers 中譯參考

1. 你當時為什麼不說實話?
2. 我不喜歡總是告密的人。
3. 我剛走出門口,就有一個記者突然出現在我面前。
4. 不要什麼事情都讓別人幫你做!

💬 stare at vs make sb. stare
「盯著看」or「使驚愕」？

stare at [stɛr æt] **盯著……看**

1 surprise 驚奇
2 polite 禮貌的
3 stranger 陌生人

(易混淆片語) **make sb. stare** 使某人驚愕

(應用例句)

» The little girl woke up and **_stared at_** me in surprise[1].
這個小女孩醒了，驚奇地睜大眼睛看著我。

↱ 應用練習

1. It's not polite[2] to **_stare at_** strangers[3].
✍

💬 suffer from vs suffer for
「遭受」or「為……受苦」？

suffer from [ˈsʌfɚ frɑm] **遭受**

例句關鍵單字

1 constipation 便秘
2 south 南方
3 sandstorm 沙塵暴

(易混淆片語) **suffer for** 為……而受苦

(應用例句)

» Have you **_suffered from_** constipation[1]?
你有便秘的困擾嗎？

↱ 應用練習

2. People in the south[2] seldom **_suffer from_** sandstorms[3].
✍

💬 sum up 🆚 in sum 「總結」or「簡言之」?

sum up [sʌm ʌp] (1) 總結 (2) 加總

(易混淆片語) in sum 簡言之

(應用例句)

» Please ***sum up*** what you said at the meeting[1].
請把你剛才在開會中的話總結一下。

☞ 應用練習

3. Your marks[2] ***sum up*** to 585. Congratulations[3]!

✍

<!-- 例句關鍵單字 -->
例句關鍵單字

1 meeting 會議
2 mark 分數
3 congratulation 祝賀、恭喜

💬 survive from... 🆚 from before 「從……倖存下來」or「從……以前」?

survive from... [səˈvaɪv frɑm]

從……倖存下來

(易混淆片語) from before 從……以前

(應用例句)

» How did you ***survive from*** the tsunami[1]?
你是怎樣從海嘯中倖存下來的？

☞ 應用練習

4. Rose is the only victim[2] that ***survived from*** the accident[3].

✍

<!-- 例句關鍵單字 -->
例句關鍵單字

1 tsunami 海嘯
2 victim 受害人、犧牲者
3 accident 事故

Answers 中譯參考

1. 盯著陌生人看是沒有禮貌的。
2. 南方居民很少遭受沙塵暴的侵襲。
3. 你的總分是585分。恭喜你！
4. 蘿絲是這次事故中唯一的倖存者。

T — ✍

💬 take notice of ⓥ catch one's notice
「注意到」or「引起某人注意」？

take notice of [tek `notɪs ɑv]

注意到、關注、理會

1 special 特別的
2 announcement 通知、公告

（易混淆片語）**catch one's notice**
　　　　　　　引起某人注意

（應用例句）

» Have you ***taken notice of*** anything special[1]?
你注意到有什麼特別事了嗎？

↗ 應用練習

1. Please ***take notice of*** my announcement[2].

✍

💬 teach sb. a lesson ⓥ draw a moral from
「教訓某人」or「吸取教訓」？

teach sb. a lesson

[titʃ `sʌm,bɑdɪ ə `lɛsn] **教訓某人**

1 help 幫助
2 plan 計畫

（易混淆片語）**draw a moral from** 吸取教訓

（應用例句）

» Will you help[1] me ***teach*** Tag ***a lesson***?
你願意幫我給泰格一個教訓嗎？

↗ 應用練習

2. We are planning[2] to ***teach*** him ***a lesson***.

✍

💬 teach fish to swim Ⓥ be in the swim
「班門弄斧」or「熟悉內情」？

teach fish to swim [titʃ fɪʃ tu swɪm]
班門弄斧

例句關鍵單字

(易混淆片語) **be in the swim** 熟悉內情

1 in front of 在……
   前面
2 professional 專業
   人員
3 stupid 愚蠢的

(應用例句)

» We can't ***teach fish to swim*** in front of[1]
the professionals[2].
在專家面前，我們不能班門弄斧。

↷ **應用練習**

3. It's very stupid[3] to ***teach fish to swim***.
🖝

💬 to one's surprise Ⓥ in surprise
「令人驚訝的是」or「驚奇地」？

to one's surprise [tu wʌns sə`praɪz]
令某人驚訝的是

例句關鍵單字

(易混淆片語) **in surprise** 驚奇地

1 succeed 成功
2 at last 最後
3 soon 很快

(應用例句)

» ***To my surprise***, Betty succeeded[1] at last[2].
令我吃驚的是，貝蒂最後居然成功了。

↷ **應用練習**

4. ***To his surprise***, the news got out soon[3].
🖝

Answers 中譯參考

> 1. 請注意聽我的通知。
> 2. 我們正計畫教訓他一頓。
> 3. 班門弄斧是很愚蠢的。
> 4. 使他驚訝的是，消息很快就洩露出去了。

💬 trap in vs fall into trap
「使困於」or「落入圈套」？

trap in [træp ɪn] 使困於

(易混淆片語) **fall into trap** 落入……圈套

(應用例句)

» One of my friends[1] was ***trapped in*** the burning hotel[2].
我的一個朋友被困在發生火災的旅館裡。

↪ 應用練習

1. Have you ever been ***trapped in*** a lift[3]?
🖎 _____

💬 try to vs try out
「試圖」or「試驗」？

try to [traɪ tu] 試圖

(易混淆片語) **try out** 試驗

(應用例句)

» I have been ***trying to*** forget those terrible[1] memories[2].
我一直試圖忘記那些恐怖的記憶。

↪ 應用練習

2. Never ***try to*** cover[3] your mistakes.
🖎 _____

💬 turn a deaf ear to ⑤ deaf and dumb
「對……充耳不聞」or「聾啞的」?

turn a deaf ear to [tɜn ə dɛf ɪr tu]
對……充耳不聞

(易混淆片語) deaf and dumb 聾啞的

(應用例句)

» Please don't ***turn a deaf ear to*** what[1] I have said.
請你不要對我所説的話充耳不聞。

↗ 應用練習

3. My parents[2] always ***turn a deaf ear to*** my request[3].
🔊

例句關鍵單字

1 what 什麼
2 parent 父母
3 request 請求、要求

💬 turn down ⑤ shut down
「拒絕」or「關閉」?

turn down [tɜn daʊn] 拒絕、駁回

(易混淆片語) shut down 關閉、工廠停工

(應用例句)

» The old lady[1] was ***turned down*** for the job.
那個老婦人被拒絕了這份工作。

↗ 應用練習

4. The impractical[2] suggestion[3] was ***turned down*** by the boss.
🔊

例句關鍵單字

1 lady 婦人、女士
2 impractical 不切實際的
3 suggestion 建議

💬 turn white into black vs in black and white 「顛倒黑白」or「白紙黑字」?

turn white into black

[tɜn hwaɪt ˋɪntu blæk] **顛倒黑白、混淆是非**

(易混淆片語) **in black and white** 白紙黑字

1 people 人
2 allow 允許
3 anyone 任何人

(應用例句)

» Why did those people[1] *turn black into white*?
為什麼那些人要顛倒是非？

👉 應用練習

5. I don't allow[2] anyone[3] to *turn black into white*.

✍ _____

Answers 中譯參考
> 1. 你曾經被困在電梯裡嗎？
> 2. 千萬不要試圖掩蓋你的錯誤。
> 3. 我父母總是對我的請求充耳不聞。
> 4. 這個不切實際的建議被老闆駁回了。
> 5. 我不允許任何人混淆是非。

U—

💬 under one's thumb ⓥ raise one's thumb
「在某人支配下」or「豎起拇指」？

under one's thumb [ˈʌndɚ wʌns θʌm]
在某人的支配下

例句關鍵單字
1 poor 可憐的
2 bully 惡霸
3 keep 保持

(易混淆片語) **raise one's thumb** 豎起拇指

(應用例句)

» The poor[1] young man is always ***under his wife's thumb***.
那個可憐的年輕人總受制於他太太。

↪ 應用練習

1. Barney is a bully[2]. He keeps[3] all little children ***under his thumb***.
🖎

💬 under pressure ⓥ exert / put pressure on
「在壓力下」or「施加壓力」？

under pressure [ˈʌndɚ ˈprɛʃɚ] **在壓力下**

(易混淆片語) **exert / put pressure on**
施加壓力

例句關鍵單字
1 able 能的、有能力的
2 constantly 不斷地、時常地

(應用例句)

» Are you able[1] to work ***under pressure***?
你能在壓力下工作嗎？

↪ 應用練習

2. She often works constantly[2] ***under pressure***.
🖎

Answers 中譯參考
1. 巴尼是個惡霸，所有小孩都得受他擺布。
2. 她常在壓力下工作。

W—

💬 wake up ⓥ follow in the wake of
「醒來」or「跟在……後面」?

wake up [wek ʌp] **醒來、吵醒**

(易混淆片語) **follow in the wake of**
　　　　　　跟在……後面、效法……

(應用例句)

» Be quiet[1]; don't *wake up* the baby[2].
安靜點,別吵醒這個嬰兒。

✍ 應用練習

1. I don't *wake up* until 9 o'clock every morning[3].

👉

💬 walk backwards ⓥ walk away
「往後走」or「走開」?

walk backwards [wɔk ˋbækwɚdz]
往後走

(易混淆片語) **walk away 走開**

(應用例句)

» I'm a slow[1] walker, but I never *walk backwards*.
我走得很慢,但是我從不後退。

✍ 應用練習

2. I like *walking backwards* in the park[2] while listening to the music[3].

👉

💬 warn sb. against... 🆚 warn off
「告誡某人堤防」or「告誡離開」？

warn sb. against...

[wɔrn `sʌmˌbɑdɪ ə`gɛnst] **告誡某人提防**

易混淆片語 warn off 告誡離開

應用例句

» I ***warn him against*** the dog in the yard[1].
我提醒他當心院子裡的狗。

應用練習

3. It's so kind[2] of you to ***warn me against*** the danger[3].

例句關鍵單字
1 yard 院子
2 kind 善良的
3 danger 危險

💬 win by a neck 🆚 neck and neck
「略勝一籌」or「不分上下」？

win by a neck [wɪn baɪ ə nɛk]
略勝一籌、險勝

易混淆片語 neck and neck
                 不分上下、並駕齊驅

應用例句

» I still think Mr. Wilson ***wins by a neck***.
我仍然認為威爾森先生略勝一籌。

應用練習

4. This article[1] ***wins by a neck*** by comparison[2].

例句關鍵單字
1 article 文章
2 comparison 比較

Answers 中譯參考
1. 我每天早上九點才醒。
2. 我喜歡在公園裡一邊倒著走一邊聽音樂。
3. 你真好，告訴我要提防危險。
4. 相較之下，這篇文章還是略勝一籌。

💬 win over ⓥ win the day
「爭取過來」or「得勝」?

win over [wɪn ˋovɚ] 把……爭取過來

（易混淆片語）**win the day** 得勝

（應用例句）

» You have to ***win over*** the trust[1] of the manager to get this project[2].
你需取得經理的信任，才可以拿到這個專案。

☛ 應用練習

1. You will have to ***win over*** the whole[3] class.

✍

💬 wipe away ⓥ wipe out
「擦去」or「消滅」?

wipe away [waɪp əˋwe] 擦去、去除

（易混淆片語）**wipe out** 消滅

（應用例句）

» The lady ***wiped*** her tears[1] ***away*** with her handkerchief[2].
那位女士用手帕擦去眼淚。

☛ 應用練習

2. Let's ***wipe away*** despair[3] and believe[4] in ourselves.

✍

💬 with one's whole heart 🆚 as a whole
「一心一意地」or「整體上」？

with one's whole heart

[wɪð wʌns hol hɑrt]　**一心一意地**

(易混淆片語) **as a whole**　整體上

(應用例句)

» I hope[1] you could succeed[2] ***with my whole heart***.
我衷心希望你成功。

↪ 應用練習

3. Students should study[3] ***with their whole heart***.

✍

💬 word by word 🆚 in a word
「逐字地」or「總之」？

word by word [wɜd baɪ wɜd]　**逐字地**

(易混淆片語) **in a word**　總之

(應用例句)

» You'd better not turn English into Chinese ***word by word***.
你最好不要逐字逐句把英語譯成中文。

↪ 應用練習

4. Great[1] books are made[2] ***word by word***.

✍

Answers 中譯參考

1. 你得把全班同學都爭取過來才行。
2. 讓我們拋開絕望，相信我們自己吧。
3. 學生應該全心全意地投入學習。
4. 偉大的書籍是一字一句寫成的。

Level

Advanced Phrases

2

進階片語

A —

💬 abide by 🆚 abide one's time
「遵守」or「等待時機」?

abide by [əˋbaɪd baɪ] **遵守、信守**

（易混淆片語）**abide one's time** 等待時機

（應用例句）

» Everyone shall ***abide by*** the law.
每個人都應當遵守法律。

📌 應用練習

1. If you want to join[1] our club[2], you must ***abide by*** our rules[3].
👉

例句關鍵單字
1 join 加入
2 club 俱樂部
3 rule 規矩

💬 abound in 🆚 abound with
「富於」or「等待時機」?

abound in [əˋbaʊnd ɪn] **富於、充滿**

（易混淆片語）**abound with** 充滿

（應用例句）

» Most of her poems ***abound in*** imagination[1].
她的詩歌大多數富於想像力。

📌 應用練習

2. This article[2] ***abounds in*** idioms[3] and proverbs[4].
👉

例句關鍵單字
1 imagination 想像力
2 article 文章
3 idiom 成語
4 proverb 諺語

💬 access to... ⓥⓢ in an access of fury
「可以獲得」or「勃然大怒」？

access to... [ˈæksɛs tu]
可以獲得、接近……

(易混淆片語) **in an access of fury** 勃然大怒

(應用例句)

1 forbidden 被禁止
2 private 私人
3 secretary 秘書
4 document 文件

» I don't know why I am forbidden[1] to
access to the club.
我不明白為什麼不允許我到那個俱樂部去。

↪ 應用練習

3. Only his private[2] secretary[3] has ***access to*** those documents[4].
🖎

💬 accidental error ⓥⓢ accidental benefits
「偶然誤差」or「附帶優惠」？

accidental error [ˌæksəˈdɛntl̩ ˈɛrɚ]
偶然誤差

(易混淆片語) **accidental benefits** 附帶優惠

(應用例句)

例句關鍵單字

1 found 發現（find
　過去式）
2 paper 論文
3 worry 擔心

» He found[1] an ***accidental error*** in his paper[2].
他在論文裡發現了一個意外的錯誤。

↪ 應用練習

4. Don't worry[3]; it is only an ***accidental error***.
🖎

💬 accommodate sb. for the night 🆚 accommodate with

「留某人過夜」or「向……提供」?

accommodate sb. for the night

[əˋkɑmədet ˋsʌmˌbɑdɪ fɔr ðə naɪt] **留某人過夜**

例句關鍵單字

1 accommodate 住宿、容納
2 my 我的

（易混淆片語）accommodate with 向……提供

（應用例句）

» We can ***accommodate***[1] him ***for the night***.
我們能供他住一夜。

➤ 應用練習

5. Can you ***accommodate*** my[2] parents ***for the night***?
🖎

💬 acquaint oneself with... 🆚 acquainted with 「使某人熟悉某物」or「與……相識」?

acquaint oneself with...

[əˋkwent wʌnˋsɛlf wɪð] **使某人熟悉某物**

例句關鍵單字

1 financial 金融
2 knowledge 知識
3 school 學校

（易混淆片語）acquainted with 與……相識

（應用例句）

» I want to ***acquaint*** myself ***with*** financial[1] knowledge[2].
我想要瞭解金融知識。

➤ 應用練習

6. They try to ***acquaint*** themselves ***with*** this new school[3].
🖎

Answers 中譯參考

1. 如果你想要加入我們的俱樂部，你就必須遵守規矩。
2. 這篇文章有大量的成語和諺語。
3. 只有他的私人祕書能接觸到那些文件。
4. 別擔心，這只是個偶然的誤差。
5. 你能留我父母過夜嗎？
6. 他們試著要熟悉這所新學校。

💬 adequate for 🆚 adequate to
「適合」or「勝任」？

adequate for [ˈædəkwɪt fɔr] 適合、足夠

1 dress 洋裝
2 absolutely 完全地
3 dollar 美元
4 expense 費用

(易混淆片語) adequate to 勝任

(應用例句)

» I think the dress[1] is absolutely[2] _adequate for_ you.
  我認為這件洋裝完全適合你。

↱ 應用練習

1. 50 dollars[3] is not _adequate for_ a week of living expenses[4].

✍

💬 a foe worthy of sb.'s steel 🆚 sworn foe
「勁敵」or「仇人」？

a foe worthy of sb.'s steel

[ə fo ˈwɝðɪ ɑv ˈsʌmˌbɑdɪs stil] 勁敵、強敵

例句關鍵單字

1 never 從未
2 met 遇到（meet 的過去分詞）
3 become 成為

(易混淆片語) sworn foe 不共戴天的仇人

(應用例句)

» He has never[1] met[2] _a foe worthy of his steel_.
  他從未遇到過勁敵。

↱ 應用練習

2. I think Michael would become[3] _a foe worthy of your steel_.

✍

📱 after consultation with... ⓥⓢ consultation about 「磋商之後」or「會診」?

after consultation with...

[ˈæftɚ ˌkɑnsl̩ˈteʃən wɪð] 在與……磋商之後

(易混淆片語) consultation about

(應用例句)　（醫生）會診

» I decide to quit¹ **_after consultation with_** my best friend².
與我最好的朋友商量之後，我決定辭職！

✒ 應用練習

3. She changed her mind³ **_after consultation with_** her mother.
🖎

📱 alert to do sth. ⓥⓢ alert in 「留心做」or「機敏的」?

alert to do sth. [əˈlɝt tu du ˈsʌmθɪŋ]

留心做……、小心做……

(易混淆片語) alert in 機敏的

(應用例句)

» You must be **_alert to_** take good care¹ of the little baby².
你必須留心好好照顧這個嬰兒。

✒ 應用練習

4. I must **_alert_** you **_to_** the snake³ when crossing through the forest⁴.
🖎

Answers 中譯廣告
1. 五十美元不夠一個星期的生活費。
2. 我認為麥克將會成為你的勁敵。
3. 與她媽媽磋商之後，她改變了主意。
4. 穿越森林的時候留意一點，小心有蛇。

💬 ally with ⓥ ally to
「使結盟」or「與……相關聯」？

ally with [əˋlaɪ wɪð] **使結盟**

(易混淆片語) **ally to** 與……相關聯

(應用例句)

» Our company[1] is ***allied with*** many big[2] companies.
我們公司與很多大公司都有業務聯繫。

↗ 應用練習

1. Germany had ever ***allied with*** Italy in history[3].
✍

💬 amid fire and thunder ⓥ fire away
「轟轟烈烈」or「開始做」？

amid fire and thunder

[əˋmɪd faɪr ænd ˋθʌndɚ] **轟轟烈烈**

(易混淆片語) **fire away** 開始做事或説話

(應用例句)

» Not all love affairs[1] are ***amid fire and thunder***.
不是所有的愛情都轟轟烈烈。

↗ 應用練習

2. Jim wants to achieve[2] his career[3] successfully[4] ***amid fire and thunder***.
✍

💬 amuse oneself with... ⓥⓢ amuse with
「以……自娛」or「使發笑」?

amuse oneself with...

[ə`mjuz wʌn`sɛlf wɪð] **以……自娛**

例句關鍵單字

1 dancing 跳舞
2 right 權利
3 love 喜歡

(易混淆片語) amuse with **使發笑**

(應用例句)

» I often ***amuse myself with*** dancing[1].
我常常跳舞來自娛自樂。

↗ 應用練習

3. We all have the right[2] to ***amuse ourselves with*** what we love[3].
🖎 _____

💬 analyze the motive of coming ⓥⓢ motive for sth. 「細察來意」or「對……的動機」?

analyze the motive of coming

[`ænḷ͵aɪz ðə `motɪv ɑv `kʌmɪŋ] **細察來意**

例句關鍵單字

1 detective 偵探
2 special 特殊的
3 ability 能力

(易混淆片語) motive for sth. **對……的動機**

(應用例句)

» The detective[1] can ***analyze the motive of coming***.
這名偵探能夠細察來意。

↗ 應用練習

4. Jessie has a special[2] ability[3] to ***analyze the motive of coming***.
🖎 _____

Answers 中譯參考

1. 在歷史上，德國曾經與義大利結盟過。
2. 吉姆想成就一番轟轟烈烈的事業。
3. 我們都有權利透過我們喜歡的事情來自娛。
4. 潔西有細察來意的特殊能力。

💬 answer sb.'s inquiries vs answer up
「回答質詢」or「迅速回答」?

answer sb.'s inquiries

['ænsɚ 'sʌmˌbɑdɪs ɪn'kwaɪrɪz] **回答某人的質詢**

1 responsibility 責任
2 such 這樣的
3 obligation 義務

(易混淆片語) **answer up** 迅速回答

(應用例句)

» It's your responsibility[1] to **_answer others' inquiries_**.
回答他人的質詢是你的責任。

↗ 應用練習

1. Sorry, I have no such[2] obligation[3] to **_answer your inquiries_**.
✍

💬 anxiety for... vs anxiety about
「對……的渴望」or「焦慮」?

anxiety for... [æŋ'zaɪətɪ fɔr]
對……的渴望

1 express 表達
2 piano 鋼琴
3 wait 等待
4 examination
   results 考試結果

(易混淆片語) **anxiety about** 焦慮

(應用例句)

» My daughter expressed[1] **_anxiety for_** a piano[2].
我的女兒渴望得到一架鋼琴。

↗ 應用練習

2. All of us are waiting[3] with **_anxiety for_** our examination results[4].
✍

💬 apologize for... 🆚 sorry for
「因……而道歉」or「感到可惜」？

apologize for... [əˈpɑləˌdʒaɪz fɔr]
因……而道歉

(易混淆片語) **sorry for** 為……感到可惜

(應用例句)

> » I ***apologize for*** what I said to you yesterday[1].
> 我為昨天對你說過的話道歉。

↪ **應用練習**

3. We do ***apologize for*** the inconvenience[2] caused[3] you.

✍

例句關鍵單字
1 yesterday 昨天
2 inconvenience 不便
3 cause 引起

💬 arise from... 🆚 arise out of
「由……引起」or「形成」？

arise from... [əˈraɪz frɑm]
由……引起、由……產生

(易混淆片語) **arise out of** 形成

(應用例句)

> » I think the accident[1] ***arises from*** carelessness[2].
> 我認為這次事故是由於疏忽引起的。

↪ **應用練習**

4. Breaking up[3] often ***arises from*** misunderstanding[4].

✍

例句關鍵單字
1 accident 事故
2 carelessness 疏忽
3 break up 分手
4 misunderstanding 誤會

Answers 中譯參考
1. 抱歉，我沒有回答你質詢的義務。
2. 大家都焦慮地等待考試結果。
3. 很抱歉我們為您帶來這些不便。
4. 分手常常由誤會產生。

💬 arouse one's curiosity about sth. ⓥ curiosity kills the cat

「引起好奇心」or「過分好奇是危險的」？

arouse one's curiosity about sth. [əˈraʊz wʌns ˌkjʊrɪˈɑsətɪ əˈbaʊt ˈsʌmθɪŋ]

引起某人對某事的好奇心

(易混淆片語) **curiosity kills the cat**
過份好奇是危險的、多管閒事
往往惹來一身麻煩

(應用例句)

» That movie[1] ***aroused my curiosity about*** kung fu[2].
那部電影引起了我對功夫的好奇心。

✦ 應用練習

1. The show[3] on TV ***aroused my son's curiosity about*** roller skating[4].

✍

(例句關鍵單字)

1 movie 電影
2 kung fu 功夫
3 show 表演
4 roller skating 溜直排輪

💬 assume the aggressive ⓥ assumed name

「採取攻勢」or「化名」？

assume the aggressive

[əˈsʊm ðə əˈgrɛsɪv] **採取攻勢**

(易混淆片語) **assumed name** 化名

(應用例句)

» In my opinion[1], you should ***assume the aggressive*** on this matter[2].
在這件事上，我認為你應該採取攻勢。

✦ 應用練習

2. I don't think it's a good time[3] for you to ***assume the aggressive***.

✍

(例句關鍵單字)

1 opinion 看法
2 matter 事件
3 time 時機

💬 at the peril of 🆚 at the risk of...
「冒著風險」or「冒著危險」？

at the peril of [æt ðə ˋpɛrəl ɑv]
冒……的危險

例句關鍵單字

1 see 看
2 comment 評論
3 fired 解雇

(易混淆片語) **at the risk of...**
　　　　　　冒著……的風險

(應用例句)

» He went to see[1] her ***at the peril of*** his life.
他冒著生命危險去看她。

☞ 應用練習

3. John commented[2] on his boss ***at the peril of*** being fired[3].
✍

Answers 中譯參考

1. 電視上的表演引起了我兒子對溜直排輪的好奇心。
2. 我認為這不是該採取攻勢的好時機。
3. 約翰冒著被解雇的危險向他的老闆建議。

B —🖐

💬 be apt to 🆚 apt at
「易於」or「善於」？

be apt to [bi æpt tu] **易於**

(易混淆片語) **apt at** 善於

(應用例句)

例句關鍵單字

1 promise 許諾
2 forget 忘記
3 mature 成熟的

» Don't you think that if a man ***is apt to*** promise[1], he is also apt to forget[2]?

你不認為易於許諾的人也易於遺忘嗎？

☞ 應用練習

1. Susan ***is apt to*** fall in love with mature[3] man.
✍

💬 be ashamed of... 🆚 be ashamed to
「感到慚愧」or「因難為情而不願」?

be ashamed of... [bi əˋʃemd ɑv]
對……感到慚愧

例句關鍵單字

1 should 應該
2 ought to 應該
3 idle 懶惰的

(易混淆片語) **be ashamed to**
　　　　　　　因難為情而不願……

(應用例句)

» You should[1] ***be ashamed of*** what you did.
你應該為你所做的事感到慚愧。

✒ 應用練習

2. He ought to[2] ***be ashamed of*** being idle[3].
☜

💬 be attached to... 🆚 attached to
「附屬於」or「喜愛」?

be attached to... [bi əˋtætʃt tu]
附屬於、隸屬於……

例句關鍵單字

1 middle school 中
　學
2 university 大學
3 hospital 醫院
4 famous 著名的

(易混淆片語) **attached to** 喜愛

(應用例句)

» The middle school[1] ***is*** actually ***attached to*** our university[2].
這所中學實際上附屬於我們大學。

✒ 應用練習

3. This hospital[3] ***is attached to*** that famous[4] medical college.
☜

💬 be bound to 🆚 bound for
「一定」or「前往」？

be bound to [bi baʊnd tu] **必定、一定**

(易混淆片語) **bound for** （準備）前往……

(應用例句)

» If you want to succeed[1], you **are bound to** work hard[2].
如果你想成功，就一定要努力工作。

↱ 應用練習

4. I think Obama **is bound to** win the election[3].

🖎

💬 be characterized as... 🆚 characterize as
「被描述為」or「描繪……的特性」？

be characterized as...

[bi ˈkærɪktəˌraɪzd hɪz] **被描述為**

(易混淆片語) **characterize as**
描繪……的特性

(應用例句)

» Defiance[1] **is characterized as** disobedience[2].
違抗就是不順服。

↱ 應用練習

5. This market[3] **is characterized as** high quality[4], high volume and highly competitive.

🖎

Answers 中譯參考

1. 蘇珊易於愛上成熟的男人。
2. 他應為無所事事而感到羞恥。
3. 這家醫院隸屬於那所著名的醫學院。
4. 我認為歐巴馬一定會贏得這次選舉。
5. 這個市場以高品質、高產量和高競爭力為特色。

💬 be coherent to ⓥ a coherent argument
「與……一致」or「條理清楚的話語」?

be coherent to [bi ko`hɪrənt tu]

與……一致

(易混淆片語) **a coherent argument**
　　　　　條理清楚的話語

1 former 早前的
2 writing style 寫作
　風格
3 chapter 章

(應用例句)

» This book *is coherent to* the former[1] one.
這本書與上一本是連貫的。

➔ 應用練習

1. Your writing style[2] must *be coherent to* the previous chapter[3].

👈

💬 become angry from embarrassment ⓥ
angry to　「惱羞成怒」or「因為……而生氣」?

become angry from
embarrassment

[bɪ`kʌm `æŋgrɪ frɑm ɪm`bærəsmənt] **惱羞成怒**

例句關鍵單字

1 hear 聽到
2 criminal 罪惡的
3 plan 計畫
4 finish 完成

(易混淆片語) **angry to** 因為……而生氣

(應用例句)

» John *became angry from embarrassment* right after hearing[1]
that.
約翰聽到那席話立刻惱羞成怒。

➔ 應用練習

2. The criminal[2] plan[3] didn't finish[4], which made him
become angry from embarrassment.

👈

💬 become confidential with sb. ⓥⓢ confidential information
「輕信某人」or「機密情報」？

become confidential with sb.

[brˋkʌm ͵kɑnfəˋdɛnʃəl wɪð ˋsʌm͵bɑdɪ] **輕信某人**

例句關鍵單字

1 never 決不
2 stranger 陌生人
3 boss 老闆

易混淆片語 confidential information
　　　　　 機密情報

應用例句

» Never[1] ***become too confidential with*** strangers[2].
千萬不要太信任陌生人。

↗ 應用練習

3. You have ***become confidential with*** your boss[3].

🔊 _____

💬 become the mode ⓥⓢ follow the mode
「流行起來」or「趕時髦」？

become the mode [brˋkʌm ðə mod]
流行起來

例句關鍵單字

1 sex 性
2 main 主要的
3 AIDS 愛滋病
4 song 歌

易混淆片語 follow the mode 趕時髦

應用例句

» Sex[1] has ***become the*** main[2] ***mode*** of AIDS[3].
性已成為愛滋病的主要傳播途徑。

↗ 應用練習

4. This new song[4] of Jay Chou has ***become the mode***.

🔊 _____

Answers 中譯參考

1. 你的寫作風格必須與前一章保持一致。
2. 犯罪計畫沒有完成讓他惱羞成怒。
3. 你已經獲得了老闆的信賴。
4. 周杰倫的這首新歌已經流行起來。

💬 be compatible with reason 🆚 reason out
「合乎情理」or「推理出」?

be compatible with reason

[bɪ kəm`pætəbḷ wɪð `rizṇ] **合乎情理**

易混淆片語 **reason out** 推理出

應用例句

» If you think it *'s compatible with reason*, I will do[1] it.
如果你認為這件事合乎情理，那麼我就會做。

↷ 應用練習

1. Quarrelling[2] with your mother-in-law[3] doesn't seem *compatible with reason*.

✍

💬 be composed of... 🆚 to reduce...to
「由……組成」or「分解成」?

be composed of... [bɪ kəm`pozd ɑv]
由……組成

易混淆片語 **to reduce...to** 分解成……

應用例句

» Water *is composed of* hydrogen[1] and oxygen[2].
水是由氫和氧組合而成的。

↷ 應用練習

2. Concrete *is composed of* cement[3], sand, gravel[4] and water.

✍

💬 be conformed with 🆚 conform to
「被遵守」or「符合」?

be conformed with [bi kənˋfɔrmd wɪð]
被遵守

(易混淆片語) conform to 符合

(應用例句)

» These are very simple[1] rules[2], but they must ***be conformed with***.
這些規則很簡單，但必須遵守。

📌 應用練習

3. The building specifications[3] ***are*** basically ***conformed with*** the request[4].

📣

例句關鍵單字

1 simple 簡單
2 rule 規則的
3 specification 規格
4 request 要求

💬 be consistent with... 🆚 consist in
「與……一致」or「在於」?

be consistent with...

[bi kənˋsɪstənt wɪð] **與……一致**

(易混淆片語) consist in 在於

(應用例句)

» Our remarks[1] must ***be consistent with*** the facts[2].
我們的言論必須和事實相符。

📌 應用練習

4. Your words[3] must ***be consistent with*** your deeds.

📣

例句關鍵單字

1 remark 言論
2 fact 事實
3 word 話

Answers 中譯參考

1. 跟妳的婆婆吵起來似乎不太合情理。
2. 混凝土是由水泥、沙子、碎石和水混合而成的。
3. 這棟建築的規格符合基本要求。
4. 你必須要言行一致。

💬 be coordinated with... 🆚 coordinate clause 「與……一致」or「並列子句」?

be coordinated with...

[bɪ koˋɔrdn̩etɪd wɪð] 與……一致

(易混淆片語) coordinate clause 並列子句

(應用例句)

» Your voice[1] has to *be coordinated with* the captions[2] on the screen[3].
你的聲音必須與螢幕上的字幕協調一致。

例句關鍵單字
1 voice 聲音
2 caption 字幕
3 screen 螢幕
4 goal 目標

🖋 應用練習

1. How shall short-range plans *be coordinated with* long goals[4]?
🖎

💬 be displaced by... 🆚 displaced person
「與……取代」or「難民」?

be displaced by... [bɪ dɪsˋplest baɪ]
被……取代

(易混淆片語) displaced person
難民、因戰爭（或政治迫害）
逃離家園的人

(應用例句)

» Absolute[1] income[2] *is* now *displaced by* relative[3] income.
相對收入如今取代了絕對收入。

例句關鍵單字
1 absolute 絕對的
2 income 收入
3 relative 相對的
4 position 位置

🖋 應用練習

2. His position[4] *was displaced by* Karl last week.
🖎

💬 be distorted with... vs to become deformed 「與⋯⋯而扭曲」or「變形」？

be distorted with... [bi dɪsˋtɔrtɪd wɪð]
因⋯⋯而扭曲

例句關鍵單字
1 so many 那麼多
2 murder 謀殺
3 temptation 誘惑

易混淆片語 to become deformed 變形

應用例句

» He has ***been distorted with*** so many[1] murders[2].
他因殺了很多人而人性扭曲了。

↱ 應用練習

3. You should not ***be distorted with*** those temptations[3].
🖎

💬 be dubious about... vs dubious of 「對⋯⋯感到懷疑」or「半信半疑」？

be dubious about... [bi ˋdjubɪəs əˋbaut]
對⋯⋯感到懷疑

例句關鍵單字
1 still 仍然
2 person 人
3 rather 相當
4 whole 整個的

易混淆片語 dubious of 半信半疑

應用例句

» I ***am*** still[1] ***dubious about*** that person[2].
我仍然不太相信那個人。

↱ 應用練習

4. She ***was*** rather[3] ***dubious about*** the whole[4] plan.
🖎

Answers 中譯參考

1. 如何讓短期規劃與長期目標互相協調一致？
2. 他的職位上週被卡爾取代了。
3. 你不應該為那些誘惑而扭曲人性。
4. 她對整個計畫感到相當懷疑。

💬 be economical of 🆚 economically challenged 「節省」or「貧窮的」?

be economical of [bi ˌikəˈnɑmɪkḷ ɑv]
節省

易混淆片語 economically challenged
貧窮的、經濟拮据的

例句關鍵單字
1 money 金錢
2 time 時間
3 fuel 燃料

應用例句

» We should *__be economical of__* our money[1] and time[2].
我們應該節省金錢和時間。

📌 **應用練習**

1. My new car *is* very *economical of* fuel[3].
🖐

💬 be envious of... 🆚 admire for 「嫉妒」or「羨慕」?

be envious of... [bi ˈɛnvɪəs ɑv]
羨慕……、嫉妒……

易混淆片語 admire for 羨慕

例句關鍵單字
1 warm 溫暖的
2 family 家庭
3 occupation 職業

應用例句

» My friends *__are envious of__* my warm[1] family[2].
我的朋友都很羨慕我溫暖的家庭。

📌 **應用練習**

2. I *am* really *envious of* my sister's occupation[3].
🖐

💬 be hopeful about... 🆚 hope against hope
「對……充滿希望」or「抱一絲希望」？

be hopeful about... [bɪ ˋhopfəl əˋbaʊt]
對……充滿希望

例句關鍵單字

1 recovery 復原
2 eye 眼睛
3 good 好的

(易混淆片語) hope against hope 抱一線希望

(應用例句)

» I *am* still *hopeful about* the recovery[1] of my eyes[2].
我對我眼睛的復原仍然充滿希望。

↱ 應用練習

3. He *is* not very *hopeful about* this good[3] job.

🖎 _____

💬 be in contradiction with... 🆚 contradiction in terms
「與……相矛盾」or「自相矛盾的説法」？

be in contradiction with...

[bɪ ɪn ˌkɑntrəˋdɪkʃən wɪð] **與……相矛盾**

例句關鍵單字

1 ideal 理想
2 reality 現實
3 argument 論證

(易混淆片語) contradiction in terms
自相矛盾的説法

(應用例句)

» *Is* ideal[1] *in contradiction with* reality[2]?
理想與現實相矛盾嗎？

↱ 應用練習

4. The conclusion *is in contradiction with* the arguments[3].

🖎 _____

Answers 中譯參考

1. 我的新車非常省油。
2. 我真的很羨慕我姐姐的職業。
3. 他對這份好工作不抱很大希望。
4. 結論與論證是相矛盾的。

💬 be in full conviction that... ⓥⓢ carry conviction 「完全相信」or「有說服力」?

be in full conviction that...

[bi ɪn fʊl kənˈvɪkʃən ðæt] **完全相信……**

1 cause 事業
2 just 正義的
3 promoted 升遷

(易混淆片語) carry conviction 有說服力

(應用例句)

» I ___am in the full conviction that___ our cause[1] is just[2].
我堅信我們的事業是正當的。

↗ 應用練習

1. He ___is in the full conviction that___ he will be promoted[3].
🖙

💬 be injected against... ⓥⓢ inject with
「打過……的預防針」or「用……注入」?

be injected against...

[bi ɪnˈdʒɛktɪd əˈgɛnst] **打過……的預防針**

1 measles 麻疹
2 child 小孩
3 smallpox 天花

(易混淆片語) inject with 用……注入

(應用例句)

» I ___was injected against___ measles[1] when I was a child[2].
我小時候打過麻疹的預防針。

↗ 應用練習

2. My son ___was injected against___ smallpox[3] yesterday.
🖙

💬 be not framed for 🆚 out of frame
「禁不起」or「紛亂」?

be not framed for [bi nɑt fremd fɔr]
禁不起、受不住

1 understand 明白
2 why 為什麼
3 frustration 挫折

易混淆片語 out of frame 紛亂、無秩序

應用例句

» I don't understand[1] why[2] some people *__are not framed for__*
success.
我不明白為什麼有些人禁不起成功。

應用練習

3. If you *__are not framed for__* frustrations[3], how could you reach your
goal?

✍

💬 be peculiar to... 🆚 peculiar sound
「是……所特有的」or「獨特的聲音」?

be peculiar to... [bi pɪˈkjuljɚ tu]
是……所特有的

例句關鍵單字

1 panda 熊貓
2 style 方式
3 cooking 烹調

易混淆片語 peculiar sound 獨特的聲音

應用例句

» *__Is__* panda[1] *__peculiar to__* China?
熊貓是中國特有的嗎?

應用練習

4. This style[2] of cooking[3] *__is peculiar to__* Monica.

✍

Answers 中譯參考

1. 他完全相信他會獲得升遷。
2. 我兒子昨天打了天花的預防針。
3. 如果你禁不起折磨,那麼怎麼達成目標呢?
4. 這種烹調方式是莫妮卡特有的。

💬 be reluctant to do sth. ⑤ reluctant assistance 「不情願做」or「勉強地做」？

be reluctant to do sth.

[bi rɪˈlʌktənt tu du ˈsʌmθɪŋ] **不情願做某事**

(易混淆片語) reluctant assistance
勉強地作

(應用例句)

» Why *are* you *reluctant to* face[1] the reality[2]?
你為什麼不願意去面對現實呢？

↪ **應用練習**

1. I *am reluctant to* work with[3] him.
✍

💬 be suspicious of... ⑤ suspicious behavior 「對……有疑心」or「令人可疑的行徑」？

be suspicious of... [bi səˈspɪʃəs ɑv]
對……有疑心

(易混淆片語) suspicious behavior
令人覺得可疑的行徑

(應用例句)

» I *am* always *suspicious of* strangers[1].
我總是對陌生人持有戒心。

↪ **應用練習**

2. *Are* you still *suspicious of* his[2] good faith[3]?
✍

💬 be tolerant of... ⓥ tolerant and understanding with each other
「對……容忍」or「互相寬容諒解」?

be tolerant of... [bi ˈtɑlərənt ɑv]

對……容忍

易混淆片語 **tolerant and understanding with each other**
互相寬容並互相諒解

例句關鍵單字

1 bad guy 壞人
2 small 小的
3 error 錯誤

應用例句

» You should not **_be_** too **_tolerant of_** those bad guys[1].
對於那些壞人你不應該太寬容。

↪ 應用練習

3. My teacher **_is_**n't **_tolerant of_** small[2] errors[3].
🖎 _____

💬 be under an eclipse ⓥ be eclipsed by sb.
「處於災難之中」or「使……黯然失色」?

be under an eclipse

[bi ˈʌndɚ æn ɪˈklɪps] **處於災難之中**

例句關鍵單字

1 know 曉得
2 then 那時
3 once 一旦

易混淆片語 **be eclipsed by sb.**
（相形之下）使……黯然失色、
使……遠不如（某人）

應用例句

» He didn't know[1] that he **_was under an eclipse_** then[2].
他不曉得那時候他已經處於災難之中。

↪ 應用練習

4. Once[3] you **_are under an eclipse_**, I will help you out right away.
🖎 _____

Answers 中譯參考

1. 我不願意跟他一起工作。
2. 你仍然懷疑他的誠意嗎？
3. 我的老師無法容忍小錯誤。
4. 一旦你處於困境，我會立刻幫你解脫。

💬 be under an illusion 🆚 have no illusion about... 「有錯覺」or「對……不存幻想」？

be under an illusion

[bɪ ˈʌndɚ æn ɪˈljuʒən] **有錯覺**

易混淆片語 have no illusion about...
對……不存幻想

應用例句

» He *is under an illusion* that she fell in love with[1] him.
他誤以為她愛上自己了。

✒ 應用練習

1. They *were under an illusion* that they have reached[2] the destination[3].

✍

<table>
<tr><td>例句關鍵單字</td></tr>
<tr><td>1 fall in love with 愛上
2 reach 到達
3 destination 目的地</td></tr>
</table>

💬 beyond credibility 🆚 beyond endurance 「難以置信」or「令人無法忍受」？

beyond credibility

[bɪˈjɑnd ˌkrɛdəˈbɪlətɪ] **難以置信**

易混淆片語 beyond endurance
令人無法忍受

應用例句

» The whole thing[1] was *beyond credibility*, wasn't it?
整件事都令人難以置信，不是嗎？

✒ 應用練習

2. I discovered[2] the power[3] of dream[4] is *beyond credibility*.

✍

<table>
<tr><td>例句關鍵單字</td></tr>
<tr><td>1 thing 事情
2 discover 發現
3 power 力量
4 dream 夢想</td></tr>
</table>

💬 bid up vs bid fair to do
「抬高標價」or「有……的可能」？

bid up [bɪd ʌp] **抬高標價**

例句關鍵單字

1 another 又一、另一個
2 garlic 大蒜
3 value 價值

(易混淆片語) **bid fair to do**
　　　　　有……的可能、有……的希望

(應用例句)

» Mr. Wilson kicked the ___*bid up*___ another[1] five hundred.
威爾森先生把出價又抬高了五百元。

↝ **應用練習**

3. The garlic[2] was ___*bid up*___ far beyond their real value[3].

🖎

💬 blast off vs at a blast
「升空」or「一口氣地」？

blast off [blæst ɔf] **升空**

例句關鍵單字

1 rocket 火箭
2 due to 預定的
3 anticipate 期望

(易混淆片語) **at a blast** 一口氣地

(應用例句)

» The rocket[1] is due to[2] ___*blast off*___ at 7:20 A.M..
火箭預計於早上七點二十分發射升空。

↝ **應用練習**

4. We ardently anticipate[3] waiting the ship to ___*blast off*___.

🖎

Answers 中譯參考

1. 他們誤以為已經到達目的地了。
2. 我發現夢想的力量難以置信。
3. 大蒜的價格被抬得比其實際價值高多了。
4. 我們殷切地等待著飛船的發射。

💬 blaze away 🆚 the blaze of fame
「熱烈討論」or「名聲的遠揚」？

blaze away [blez ə`we] **熱烈討論**

(易混淆片語) **the blaze of fame** 名聲的遠揚

(應用例句)

» The students[1] kept _**blazing away**_ about the party[2].
學生們一直在熱烈談論著派對的事。

🖈 應用練習

1. The bonfire[3] has _**blazed away**_ for hours.
🖎

💬 boost up 🆚 give a person a boost
「提高」or「吹噓」？

boost up [bust ʌp] **提高、促進**

(易混淆片語) **give a person a boost**
吹噓某人

(應用例句)

» I am so happy[1] that this new method[2] can _**boost up**_ productivity.
很高興這種新方法可以提高工作效率。

🖈 應用練習

2. What kind of vitamin[3] can _**boost up**_ calcium[4] absorption?
🖎

💬 bounce back 🆚 give / get the bounce
「重新振作」or「被解雇」?

bounce back [baʊns bæk]
(1) 重新振作 (2) 很快恢復

(易混淆片語) give / get the bounce 被解雇

(應用例句)

» I still believe he could ***bounce back***
even[1] after such big failure[2].
即使遭受如此重挫，我相信他能夠重新振作。

例句關鍵單字
1 even 甚至
2 failure 失敗
3 badly 嚴重地
4 soon 很快

↪ **應用練習**

3. He was badly[3] injured, but he ***bounced back*** soon[4].

✍

💬 brisk up 🆚 at a brisk pace
「活躍起來」or「以輕快的步伐」?

brisk up [brɪsk ʌp] 活躍起來

(易混淆片語) at a brisk pace 以輕快的步伐

(應用例句)

» She ***brisked up*** at once[1] when hearing the
good news[2].
一聽到這則好消息，她立刻活躍起來。

例句關鍵單字
1 at_once 立刻
2 good_news 好消息
3 financial_market 金融市場

↪ **應用練習**

4. I believe that the financial market[3] will ***brisk up***.

✍

Answers 中譯翻譯
1. 營火已經連續燒了好幾個小時。
2. 哪種維他命可以促進鈣的吸收？
3. 他受了重傷，但很快就康復了。
4. 我相信金融市場會活躍起來。

💬 business as usual 🆚 go out of business
「照常營業」or「歇業」?

business as usual [ˈbɪznɪs æz ˈjuʒʊəl]

(1) 照常營業 (2) 一切正常

例句關鍵單字

1 holidays 假期
2 restaurant 餐館
3 be back 回來

(易混淆片語) **go out of business**
　　　　　　歇業、關門大吉

(應用例句)

　» Even during holidays[1], the restaurant[2] is in ***business as usual***.
　　那家餐館假期照常營業。

☛ 應用練習

1. We'd better be back[3] to ***business as usual***.

🖋 _____

💬 by all odds 🆚 odds and ends
「毫無疑問地」or「零星物品」?

by all odds [baɪ ɔl ɑds] **毫無疑問地**

例句關鍵單字

1 easiest 最簡單的
2 way 方法
3 movie 電影

(易混淆片語) **odds and ends** 零星物品

(應用例句)

　» This is ***by all odds*** the easiest[1] way[2].
　　毫無疑問，這是最簡單的方法。

☛ 應用練習

2. ***By all odds*** it is the worst movie[3] I've ever seen.

🖋 _____

💬 by a narrow margin ⓥⓢ margin of error
「勉強」or「誤差幅度」?

by a narrow margin

[baɪ ə ˋnæro ˋmɑrdʒɪn] **勉強**

易混淆片語 margin of error 誤差幅度

例句關鍵單字
1 win 獲勝
2 contest 競賽
3 passed 通過

應用例句

» Mr. Wang won[1] ***by a narrow margin*** in this contest[2].
  王先生在這次競賽中勉強獲勝。

應用練習

3. Mike passed[3] the examination ***by a narrow margin***.

Answers 中譯參考
1. 我們最好還是一切照常。
2. 這部電影無疑是我看過最爛的一部。
3. 麥克考試勉強及格。

C

💬 career about ⓥⓢ make a career
「飛馳」or「在事業上有成就」?

career about [kəˋrɪr əˋbaut] **飛馳**

易混淆片語 make a career
在事業上有所成就

例句關鍵單字
1 house 家
2 opened 打開
3 cage 籠子

應用例句

» The dog began to ***career about*** the house[1] when the door was opened[2].
  門一開，狗就開始在家裡四處奔跑。

應用練習

1. The birds began to ***career about*** the cage[3] after hearing a big sound.

💬 carve out one's way 🆚 carve for oneself
「開闢道路」or「自由行動」？

carve out one's way

['kɑrv aʊt wʌns we] **開闢道路**

1 wait 等待
2 someone else 別人
3 explorer 勘探人員
4 difficulty 艱難

(易混淆片語) carve for oneself 自由行動

(應用例句)

» Don't wait[1] for someone else[2] to ***carve out your way***.
別老等著別人來為你開闢道路。

📌 應用練習

2. The explorers[3] ***carve out their way*** with difficulty[4].

💬 cast a glamour over... 🆚 a stone's cast
「為增添魅力」or「一箭之遙」？

cast a glamour over...

[kæst ə 'glæmə 'ovə] **為……增添魅力**

例句關鍵單字
1 distance 距離
2 view 景色
3 fashionable 時髦的
4 lady 女士

(易混淆片語) a stone's cast
投石可及的距離、一箭之遙

(應用例句)

» Distance[1] ***casts a glamour over*** the view[2].
距離讓景色增添魅力。

📌 應用練習

3. The fashionable[3] hat ***casts a glamour over*** the lady[4].

💬 certify sb. of sth. 🆚 certify to a person's character

「使確信某事」or「保證某人的人格」?

certify sb. of sth.

[ˈsɝtəˌfaɪ ˈsʌmˌbɑdɪ ɑv ˈsʌmθɪŋ]

使某人確信某事

例句關鍵單字

1 must 必須
2 try to 試著
3 failure 失敗
4 match 比賽

易混淆片語 certify to a person's character 保證某人的人格

應用例句

» You must[1] try to[2] ***certify him of*** this failure[3].
   你必須試著讓他相信這次失敗。

✐ 應用練習

4. My parents ***certified me of*** the lost match[4].

🖎

💬 chase one's gloom away 🆚 in the gloom

「消愁」or「在幽暗中」?

chase one's gloom away

[tʃes wʌns glum əˈwe] **消愁、解悶**

例句關鍵單字

1 try our best 竭盡全力
2 chose 選擇
3 in order to 為了

易混淆片語 in the gloom 在幽暗中

應用例句

» Let's try our best[1] to ***chase his gloom away***.
   讓我們竭盡全力為他消愁解悶吧。

✐ 應用練習

5. I think she chose[2] that job in order to[3] ***chase her gloom away***.

🖎

Answers 中譯參考

1. 聽到一聲巨響，鳥兒們開始在籠子裡亂飛。
2. 探勘人員艱難地開闢道路。
3. 時髦的帽子為這位女士增添了一分魅力。
4. 我父母讓我相信這次比賽真的輸了。
5. 我覺得她一定是為了消愁解悶才選擇那份工作。

💬 circulate about... 🆚 circulate among
「在……附近流傳」or「在……中流傳」？

circulate about... [ˋsɝkjəˌlet əˋbaʊt]
在……附近流傳

易混淆片語 circulate among 在……中流傳

應用例句

» Rumors[1] of his love affairs[2] began to
circulate about the town.
有關他桃色事件的謠言在鎮上開始流傳開
來。

應用練習

1. The remedy[3] for all ills ***circulates about*** the neighborhood[4].

例句關鍵單字

1 rumor 謠言
2 love affairs 桃色事
件
3 remedy 藥方
4 neighborhood 鄰
近一帶、附近

💬 clamp down on... 🆚 clamp one's lips
「強制執行」or「閉口不言」？

clamp down on... [klæmp daʊn ɑn]
強制執行……

易混淆片語 clamp one's lips 閉口不言

應用例句

» The police[1] ***clamped down on*** drunk
driving[2] last month.
員警上個月起加緊取締酒後駕車。

應用練習

2. The government intends[3] to ***clamp down on*** football gambling[4].

例句關鍵單字

1 police 員警
2 drunk driving 酒後
駕車
3 intends 打算
4 football gambling
賭球事件

📧 clarify one's stand 🆚 clarify a remark
「闡明立場」or「澄清意見」？

clarify one's stand

[ˋklærəˏfaɪ wʌns stænd] **闡明立場**

例句關鍵單字

1 write 撰寫
2 essay 文章
3 at the meeting 在
　會議上

易混淆片語 clarify a remark 澄清一項意見

應用例句

» Why not write[1] an essay[2] to *clarify your stand*?
為什麼不撰寫一篇文章闡明你的立場？

應用練習

3. He has *clarified his stand* at the meeting[3].
🖎 _____

📧 cling to 🆚 cling to a purpose
「抓牢」or「堅持目的」？

cling to [klɪŋ tu] **抓牢**

例句關鍵單字

1 said 説
2 good-bye 再見
3 principle 原則

易混淆片語 cling to a purpose 堅持目的

應用例句

» The kid *clung to* his mother as she said[1]
good-bye[2].
媽媽告別時，小孩緊緊抓着她不放。

應用練習

4. You should *cling to* your principles[3]. So should I.
🖎 _____

Answers 中譯參考

1. 那個包治百病的藥方在鄰近一帶流傳。
2. 政府擬採取措施嚴禁賭球事件。
3. 他已經在會議中闡明自己的立場。
4. 你應該堅守原則。我也是。

💬 collide with... ⓥ hands collide
「與……相撞」or「指針碰撞」?

collide with... [kə`laɪd wɪð] 與……相撞

易混淆片語 **hands collide** 指針碰撞

1 chain 鏈子
2 each other 互相
3 tinkling 叮噹作響
的
4 beach 海灘

應用例句

» The chains[1] on her ***collided with*** each other[2], and gave out a tinkling[3] sound.
她身上的鏈子互相碰撞發出叮噹聲響。

☛ 應用練習

1. Sometimes ships ***collide with*** each other, and the beaches[4] are covered with oil.

🖎

💬 come / go into operation ⓥ put into operation 「開始運轉」or「實施」?

come / go into operation

[kʌm / go `ɪntu ˌɑpə`reʃən] 開始運轉、開工

例句關鍵單字

1 waterworks 自來水廠
2 July 七月
3 when 什麼時候

易混淆片語 **put into operation** 實施、施行

應用例句

» The new waterworks[1] will ***go into operation*** in July[2].
這座自來水廠七月將要開始運轉。

☛ 應用練習

2. When[3] does the plan ***come into operation***?

🖎

💬 come to the climax 🆚 reach a climax
「達到高潮」or「達到頂點」？

come to the climax

[kʌm tu ðə ˋklaɪmæks] **達到高潮**

例句關鍵單字

1 performance 表演
2 play 戲劇
3 advertising campaign 廣告戰
4 Christmas 聖誕節

（易混淆片語）reach a climax **達到頂點**

（應用例句）

» The performance[1] of this play[2] has ***come to its climax***.
這場戲劇表演已經到達最高潮了。

↗ 應用練習

3. The advertising campaign[3] ***came to the climax*** at Christmas[4].
✍

💬 comment on... 🆚 offer comments
「對……評論」or「提意見」？

comment on... [ˋkɑmɛnt ɑn] **對……評論**

例句關鍵單字

1 spokesman 發言人
2 manager 經理
3 rumor 傳聞、謠言
4 resignation 辭職

（易混淆片語）offer comments **提意見**

（應用例句）

» The spokesman[1] refused to ***comment on*** the issue.
發言人拒絕對此事件發表評論。

↗ 應用練習

4. The manager[2] wouldn't like to ***comment on*** the rumors[3] of his resignation[4].
✍

Answers 中譯參考

1. 有時船隻發生碰撞，海灘就布滿了石油。
2. 這個計畫什麼時候開始實施？
3. 在聖誕節期間，廣告戰達到高潮。
4. 經理不顧就他辭職的傳聞發表評論。

💬 commute between 🆚 commute comfort for hardship
「在兩處間往返」or「以逸待勞」？

commute between [kəˋmjut bəˋtwin]
在兩處間往返

易混淆片語 commute comfort for hardship 以逸代勞

應用例句

例句關鍵單字

1 on weekdays 在週間
2 have to 不得不
3 sake 目的、理由

» We *commute between* the company and home on weekdays[1].
在週間，我們每天往返於公司和家裡之間。

👉 應用練習

1. I have to[2] *commute between* Paris and London for business' sake[3].
🖎

💬 compromise with 🆚 make compromise with 「和解」or「妥協」？

compromise with [ˋkɑmprəˌmaɪz wɪð]
與……和解

易混淆片語 make compromise with 與……妥協

應用例句

例句關鍵單字

1 matter 問題、事件
2 chauvinism 沙文主義
3 mean 意味著

» I *compromise with* my wife on this matter[1].
在這個事件上我和我的妻子妥協了。

👉 應用練習

2. Male chauvinism[2] means[3] men never *compromise with* women.
🖎

concealed by vs conceal one's emotions
「在……掩護下」or「隱藏感情」?

concealed by [kənˋsilɪd baɪ]
在……掩護下

例句關鍵單字

1 spy 間諜
2 activities 活動
3 event 事件
4 ring 戒指

(易混淆片語) **conceal one's emotions**
隱藏某人的感情

(應用例句)

» The spy's[1] activities[2] were ***concealed by*** the major event[3].
間諜的行動是在這個大型活動的掩護下暗中進行的。

應用練習

3. The ring[4] was ***concealed by*** her in a secret corner.

---

concede to vs concede the independence of a nation
「對……讓步」or「容許國家獨立」?

concede to [kənˋsid tu] **對……讓步**

例句關鍵單字

1 each other 相互
2 such 這樣的
3 issue 問題

(易混淆片語) **concede the independence of a nation** 容許國家獨立

(應用例句)

» Why not ***concede to*** each other[1]?
為什麼不各自退讓呢?

應用練習

4. She never ***concedes to*** such[2] issues[3].

Answers 中譯參考

1. 為了生意我不得不經常往返巴黎和倫敦之間。
2. 男性沙文主義意味著男人從不與女人妥協。
3. 那個戒指被她藏在一個隱密的角落。
4. 在這類問題上她從不讓步。

💬 consist of ⓥ consist with
「由……組成」or「符合相容」?

consist of [kənˋsɪst ɑv] **由……組成**

1 year 年
2 day 天
3 wonder 想知道
4 planet 星球

(易混淆片語) **consist with** 符合相容

(應用例句)

» A year[1] generally *consists of* 365 days[2].
一年通常是由三百六十五天組成。

☛ 應用練習

1. I wonder[3] what life *consists of* on other planets[4].
🖘

💬 contend for ⓥ contend with
「為……競爭」or「對付」?

contend for [kənˋtɜnd fɔr] **為……競爭**

1 prize 獎品
2 player 運動員
3 champion 冠軍

(易混淆片語) **contend with**
　　　　　 對付、向……作鬥爭

(應用例句)

» Many people are *contending for* the prize[1].
很多人在爭奪那個獎品。

☛ 應用練習

2. Three players[2] are *contending for* winning the champion[3].
🖘

💬 contrast with 🆚 by contrast
「與……對比」or「對照之下」?

contrast with [ˈkɑntræst wɪð]
與……對比

(易混淆片語) by contrast 對照之下

(應用例句)

» Her appearance[1] was in *contrast with* her fine[2] words.
她的外表與她漂亮的言辭形成鮮明對照。

➤ 應用練習

3. The white walls make a *contrast with* the black curtain[3].

🖋

💬 contribute to 🆚 contribute towards
「貢獻」or「為……捐助」?

contribute to [kənˈtrɪbjʊt tu] 貢獻

(易混淆片語) contribute towards
為……捐助

(應用例句)

» Would you like to *contribute to* our charity show[1]?
你願意捐款給我們的慈善演出嗎?

➤ 應用練習

4. Your suggestion[2] *contributed to* solving the problem indeed[3].

🖋

Answers 中譯參考

💬 contrive a scheme ⓥ form a scheme
誰「訂計畫」？

contrive a scheme [kən'traɪv ə skim]
訂計畫、擬方案、策劃

(易混淆片語) **form a scheme**
　　　　　　訂計畫、擬方案、策劃

(應用例句)

> » I am *contriving a scheme* to take part in[1] that activity[2] in London.
> 我正計劃著去倫敦參加那個活動。

✐ 應用練習

1. He *contrives a scheme* for sport and study[3].

✍

例句關鍵單字

1 take part in 參加
2 activity 活動
3 study 學習

💬 cooperate in ⓥ cooperate with
「在……方面合作」or「與……合作」？

cooperate in [ko'ɑpə,ret ɪn]
在……方面合作

(易混淆片語) **cooperate with** 與……合作

(應用例句)

> » I hope we can *cooperate in* foreign trade[1].
> 希望我們能在對外貿易方面合作。

✐ 應用練習

2. Could you please *cooperate in* the human-face recognition[2] procedure[3]?

✍

例句關鍵單字

1 foreign trade 對外貿易
2 recognition 識別
3 procedure 程式

💬 correspondence with 🆚 one to one correspondence「與……相符」or「一一對應」?

correspondence with

[ˌkɔrəˈspɑndəns wɪð] 與……相符

易混淆片語 **one to one correspondence**
一一對應

應用例句

» The outcome[1] has little ***correspondence with*** the expectation[2].
結果與期望並不相符。

📖 例句關鍵單字
1 outcome 結果
2 expectation 期望
3 face 事實

✒ 應用練習

3. What he said was in ***correspondence with*** the fact[3].

🖋

💬 crack down on 🆚 crack one's knuckles
「鎮壓」or「使手指關節發出聲」?

crack down on [kræk daʊn ɑn]
制裁、鎮壓

易混淆片語 **crack one's knuckles**
使手指關節發辟啪聲

應用例句

» The police decided to ***crack down on*** smuggler[1].
員警決定對走私者採取嚴厲措施。

📖 例句關鍵單字
1 smuggler 走私者
2 system 體制
3 scalpers 賣黃牛票的人
4 effectively 有效地

✒ 應用練習

4. I don't think the real-name system[2] can ***crack down on*** scalpers[3] effectively[4].

🖋

💬 cram into 🆚 cram food down
「勉強塞入」or「勉強把食物塞進嘴裡」？

cram into [kræm `ɪntu] 勉強塞入、填滿

(易混淆片語) **cram food down**
勉強把食物塞進嘴裡

(應用例句)

» We cannot **_cram_** six of us **_into_** one car.
一輛車塞不下我們六個人。

☛ **應用練習**

5. How did you **_cram_** so many clothes[1] **_into_** such a small[2] case[3]?
✍ _____

Answers 中譯參考

1. 他擬了一個關於運動和學習的計畫。
2. 請你配合進行人臉辨識好嗎？
3. 他所説的與事實相符。
4. 我認為實名制不能有效地打擊黃牛。
5. 你如何把那麼多衣服塞到那麼小的箱子裡？

D—👆

💬 damn with faint praise 🆚 not worth a damn 「明褒實貶」or「一文不值」？

damn with faint praise

[dæm wɪð fent prez] 明褒實貶

(易混淆片語) **not worth a damn**
一文不值、毫無價值

應用例句

» Haven't you found that he was actually[1] *damned with faint praise*?
你沒發現嗎?他實際上被明褒暗貶了。

✦ 應用練習

1. She *damned him with faint praise* because[2] she was jealous[3] of him.

✎

📝 decline from...to... vs decline an invitation 「從……下降到……」or「謝絕邀請」?

decline from...to... [dɪˈklaɪn frɑm tu]
從……下降到……

易混淆片語　decline an invitation　謝絕邀請

應用例句

» Hypertension's[1] prevalence rate[2] has *declined from* 86% *to* 69%.
高血壓患病率已經從 86% 下降到 69%。

例句關鍵單字
1 hypertension 高血壓
2 prevalence rate 患病率
3 rent 租金
4 square meter 平方米

✦ 應用練習

2. The rent[3] per square meter[4] here *declined from* 440 dollars *to* 320 dollars.

✎

📝 defend against vs defend a person from harm 「防禦」or「保護某人免受傷害」?

defend against [dɪˈfɛnd əˈgɛnst]　**防禦**

易混淆片語　defend a person from harm
保護某人免遭傷害

例句關鍵單字
1 serviceman 軍人
2 duty 職責
3 weapon 武器

» Serviceman's[1] duty[2] is to ***defend*** the country ***against*** its enemies.
軍人的職責是保衛國家不受敵人侵犯。

↪ **應用練習**

3. Fear is the best weapon[3] to ***defend against*** temptation.

🖎

💬 delight oneself with ⓥ to one's delight
「以……自娛」or「令人高興的是……」?

delight oneself with

[dɪˈlaɪt wʌnˈsɛlf wɪð] **以……自娛**

例句關鍵單字

易混淆片語 **to one's delight**
令人高興的是……

應用例句

1 playing guitar 彈吉他
2 cooking 烹調
3 delicious 美味的

» I ***delight myself with*** playing guitar[1].
我彈吉他來自娛自樂。

↪ **應用練習**

4. Monica usually ***delights herself with*** cooking[2] delicious[3] food.

🖎

💬 diagnose as ⓥ diagnose the underlying motive 「診斷為」or「探詢真實情況」?

diagnose as [ˌdaɪəgˈnos æz] **診斷為**

例句關鍵單字

易混淆片語 **diagnose the underlying motive 探詢真實情況**

應用例句

1 lung cancer 肺癌
2 suffering from 患（病）
3 COVID-19 嚴重特殊傳染性肺炎

» The doctor has ***diagnosed*** it ***as*** lung cancer[1].
醫生把此病診斷為肺癌。

↱ 應用練習

5. He was *diagnosed as* suffering from[2] COVID-19[3].

✎

💬 dictate to ⓥⓢ dictate to one's secretary
「命令」or「向祕書口述要事」?

dictate to [dɪkˋtet tu] **命令、支配**

例句關鍵單字

1 will 遺囑
2 listen to 聽……

易混淆片語 **dictate to one's secretary**
向祕書口述要事

應用例句

» He *dictated* a will[1] *to* his children.
他口述了一份遺囑給孩子。

↱ 應用練習

6. You can't *dictate* others *to* listen to[2] you.

✎

💬 distinguish A from B ⓥⓢ between right and wrong
「區分 A 和 B」or「辨別是非」?

distinguish A from B

[dɪˋstɪŋgwɪʃ e frɑm bi] **區別 A 和 B**

例句關鍵單字

1 alike 相像的
2 hardly 幾乎不
3 female 女性

易混淆片語 **between right and wrong**
辨別是非

應用例句

» The two brothers are so alike[1] that people can hardly[2]
distinguish one *from* the other.
那兩兄弟非常相像，人們很難把他倆區分開來。

↱ 應用練習

7. Can you *distinguish* male rabbit *from* female[3] rabbit?

✎

💬 dwell on vs dwell in / live in
「詳述」or「住在」？

dwell on [dwɛl ɑn] **詳述**

易混淆片語 **dwell in / live in** 住在

1 past 過去的
2 mistake 錯誤
3 detail 細節

應用例句

» Please do not *__dwell on__* your past[1] mistakes[2].
請不要再細想你過去的錯誤了。

🖢 應用練習

8. Mary did not *__dwell on__* the details[3] of this matter.
🖢

Answers 中譯參考

1. 她對他明褒暗貶是出於嫉妒。
2. 這裡每平方公尺租金從440美元下降到320美元。
3. 恐懼是抵抗誘惑最好的武器。
4. 莫妮卡通常以做美食自娛。
5. 他被診斷為染上了COVID-19。
6. 你不能命令別人聽你的。
7. 你能區分出雄兔和雌兔嗎？
8. 瑪麗沒有詳述這件事情的細節。

E —🖢

💬 ease the tension of... vs set sb.'s mind at ease
「減緩緊張」or「使安心」？

ease the tension of...

[iz ðə ˋtɛnʃən ɑv] **減緩……的緊張**

易混淆片語 **set sb.'s mind at ease**
使安心、安慰某人

1 coach 教練
2 teach 教
3 muscle 肌肉
4 expenditure 支
出、花費

應用例句

» The coach[1] will teach[2] you how to *ease the tension of* the muscles[3].
教練將教你如何放鬆肌肉。

⟡ 應用練習

1. This plan will help *ease the tension of* the expenditure[4].

🖎 _____

💬 **eat the calf in the cow's belly** Ⓥⓢ **be given to one's belly** 「指望太早」or「一味貪吃」？

eat the calf in the cow's belly

[it ðə kæf ɪn ðə kaʊs bɛlɪ]

指望得太早、所望過奢

例句關鍵單字
1 enterprise 事業、企業
2 start 開始
3 learn 學習

易混淆片語 **be given to one's belly**
一味貪吃、口腹為重

應用例句

» The enterprise[1] has just started[2], you can't *eat the calf in the cow's belly*.
事業才剛起步，你不能所望過奢。

⟡ 應用練習

2. You still have a lot to learn[3], so don't *eat the calf in the cow's belly*.

🖎 _____

💬 **eliminate from...** Ⓥⓢ **eliminate the need of** 「從……除去」or「使不需要」？

eliminate from... [ɪˈlɪməˌnet frɑm]

從……除去

例句關鍵單字
1 help 說明
2 writing 寫作、作品
3 medicine 藥物

易混淆片語 **eliminate the need of** 使不需要

» Could you help[1] me *eliminate* mistakes *from* this writing[2]?
你能幫我將寫作中的錯誤改掉嗎?

應用練習

3. This medicine[3] helps *eliminate* waste matter *from* the body.

💬 emphatic on 🆚 an emphatic victory
「強調某方面」or「大勝」?

emphatic on [ɪmˋfætɪk ɑn]　**強調某方面**

易混淆片語　**an emphatic victory**　大勝

例句關鍵單字
1 leader 領導
2 meeting 會議
3 manager 經理
4 excellent 優良的

應用例句

» The leader[1] was *emphatic on* this matter in the meeting[2].
領導在會議上強調了這件事。

應用練習

4. Our managers[3] *emphatic on* the excellent[4] service.

💬 enclose... with... 🆚 the enclosed
「用……圍住……」or「附件」?

enclose... with... [ɪnˋkloz wɪð]
用……圍住……

易混淆片語　**the enclosed**　附件

例句關鍵單字
1 plan 計畫
2 garden 花園
3 fence 籬笆

應用例句

» I plan[1] to *enclose* our garden[2] *with* a fence[3].
我計畫在花園周圍築籬笆。

應用練習

5. They decide to *enclose* the park *with* a wall.

💬 enhance one's reputation 🆚 make an evil reputation for oneself
「提高聲譽」or「聲名狼藉」?

enhance one's reputation

[ɪnˋhæns wʌns ˏrɛpjəˋteʃən] 提高聲譽

易混淆片語 **make an evil reputation for oneself** 弄得聲名狼藉

例句關鍵單字
1 activity 活動
2 donate 捐獻
3 money 錢

應用例句

» This activity[1] will help ***enhance the doctor's reputation***.
這項活動有助於提高醫生的聲譽。

↪ **應用練習**

6. The company ***enhanced its reputation*** by donating[2] money[3] to the poor.

✍

Answers 中譯參考

1. 這項計畫能幫助緩解財務困難。
2. 你要學得還很多，不要指望太早。
3. 這種藥物有助於體內廢物排出。
4. 經理重點強調了優良的服務。
5. 他們決定在公園周圍築牆。
6. 公司捐錢給窮人來提高自己的聲譽。

💬 enrich...with... 🆚 enrich the power of expression
「用……充實……」or「豐富表達力」？

enrich...with... [ɪnˈrɪtʃ wɪð]
用……充實……

(易混淆片語) enrich the power of expression **豐富表達力**

(應用例句)

» My knowledge[1] was ***enriched with*** these books。
   閱讀豐富了我的知識。

↪ 應用練習

1. The National[2] Library[3] has been ***enriched with*** lots of[4] new books.

💬 enthusiastic about 🆚 be enthusiastic for sth.   「熱衷於……」or「對某事熱心」？

enthusiastic about

[ɪnˌθjuzɪˈæstɪk əˈbaʊt] **熱衷於……**

(易混淆片語) be enthusiastic for sth.
                 對某事熱心

(應用例句)

» This boy is very ***enthusiastic about*** such activities[1].
   這男孩熱衷於這類活動。

↪ 應用練習

2. His boss[2] is very ***enthusiastic about*** the plan[3].

💬 erupted in anger 🆚 dare sb.'s anger
「生氣」or「不怕惹某人生氣」？

erupted in anger [ɪˈrʌptɪd ɪn ˈæŋgɚ]
生氣

例句關鍵單字

1 noise 噪音、響聲
2 know 知道
3 drop out 退學

(易混淆片語) **dare sb.'s anger**
不怕惹某人生氣

(應用例句)

» I ***erupted in anger*** over the noise[1] next door.
隔壁的吵雜聲讓我很生氣。

↗ 應用練習

3. His father ***erupted in anger*** after knowing[2] he dropped out[3] from school.

✍

💬 establish oneself in 🆚 establish sb. as
「定居於」or「任命某人擔任」？

establish oneself in

[əˈstæblɪʃ wʌnˈsɛlf ɪn] **定居於**

例句關鍵單字

1 favorite 最喜歡的
2 dangerous 危險的
3 area 區域、地區

(易混淆片語) **establish sb. as** 任命某人擔任

(應用例句)

» He ***established himself in*** his favorite[1] city.
他定居於他最喜歡的城市

↗ 應用練習

4. Do not ***establish yourself in*** dangerous[2] areas[3].

✍

Answers 中譯練習

1. 新的藏書使國家圖書館更為豐富。
2. 他的老闆對該項計畫十分熱心。
3. 知道他輟學後，父親勃然大怒。
4. 別居住在危險的區域。

💬 estimate at... ⓥ by estimate
「對……進行估計」or「照估計」？

estimate at... [ˈɛstəmɪt æt]
對……進行估計

(易混淆片語) by estimate 照估計

(應用例句)

1 court 法院
2 property 財產、所有權
3 relevant 有關的
4 expenditure 經費、花費

» The court[1] will **_estimate at_** his house property[2].
  法院將對他的房產進行估算。

📌 **應用練習**

1. The relevant[3] department will **_estimate at_** their expenditure[4] per year.

🖎

💬 evacuate...from... ⓥ evacuate water from a well 「從……撤出」or「抽乾井水」？

evacuate...from... [ɪˈvækjuɛt frɑm]
把……從……撤出

(易混淆片語) evacuate water from a well
抽乾井水

(應用例句)

1 firemen 消防人員
2 burning 著火的、燃燒的
3 personnel 全體人員

» The firemen[1] are trying to **_evacuate_** people **_from_** the burning[2] house.
  消防人員正試圖把人們從著火的房屋裡撤出來。

📌 **應用練習**

2. They decide to **_evacuate_** their personnel[3] **_from_** this area.

🖎

💬 evolve into 🆚 evolve a plan
「逐漸發展成」or「發展計畫」?

evolve into [ɪˈvɑlv ˈɪntu] **逐漸發展成**

(易混淆片語) **evolve a plan** 發展一項計畫

(應用例句)

» How does the small company *evolve into* a multi-national[1] one?
這個小公司是如何發展成一個跨國公司的?

例句關鍵單字

1 multi-national 多民族的、多國家的
2 proposal 提議
3 complicated 複雜的

✦ 應用練習

3. The proposal[2] *evolved into* a complicated[3] project at last.

📢

💬 exclusive of... 🆚 exclusive privileges
「不包括」or「獨有的特權」?

exclusive of... [ɪkˈsklusɪv ɑv]
不包括……

(易混淆片語) **exclusive privileges**
　　　　　　獨有的特權

(應用例句)

» The price[1] I give is *exclusive of* fare[2].
我給的價錢不包括車費。

例句關鍵單字

1 price 價錢
2 fare 車費
3 teacher 老師

✦ 應用練習

4. There are 8 of us, *exclusive of* the teacher[3].

📢

Answers 中譯參考

1. 相關部門將對他們每年的經費進行評估。
2. 他們決定將工作人員從該地區撤出。
3. 這項提議最後發展成一個複雜的方案。
4. 我們一共八個人,不包括老師。

💬 exert oneself to the utmost 🆚 exert oneself 「盡全力」or「努力」？

exert oneself to the utmost

[ɪgˋzɝt wʌnˋsɛlf tu ðə ˋʌtˏmost] **盡全力**

1 pass 通過
2 exam 考試、測驗
3 succeed 成功

(易混淆片語) exert oneself 努力

(應用例句)

» You have to *exert yourself to the utmost* if you want to pass[1] the exam[2].
  你如果想通過這個考試，就要竭盡全力。

↱ 應用練習

1. You will succeed[3] if you *exert yourself to the utmost*.
🖎

💬 exhaust one's patience 🆚 feel exhausted 「使忍不可忍」or「感到疲勞」？

exhaust one's patience

[ɪgˋzɔst wʌns ˋpeʃəns] **使某人忍無可忍**

1 constant 經常的、不斷的
2 complaint 抱怨、訴苦
3 totally 完全地

(易混淆片語) feel exhausted 感到疲勞

(應用例句)

» What he has done really *exhausts my patience*.
  他的所作所為讓我忍無可忍了。

↱ 應用練習

2. His constant[1] complaints[2] totally[3] *exhausted our patience*.
🖎

💬 extend out 🆚 extend from
「伸出」or「從……伸出來」?

extend out [ɪkˋstɛnd aʊt] **伸出**

(易混淆片語) **extend from** 從……伸出來

(應用例句)

» You can **_extend out_** your arm[1] like this while[2] doing exercise.
鍛鍊的時候你可以這樣子伸出手臂來。

↱ **應用練習**

3. Can you grab[3] the stick[4] he **_extends out_** from the window?
✍

例句關鍵單字

1 arm 手臂
2 while 當……的時候
3 grab 抓住、奪取
4 stick 棍子

Answers 中譯參考

1. 如果你盡全力。你就能成功。
2. 他不停地抱怨，讓我們實在忍無可忍。
3. 你能抓住他從窗戶伸出來的那根棍子嗎？

F—✋

💬 fetch in 🆚 fetch and carry
「引進」or「跑腿」?

fetch in [fɛtʃ ɪn] **引進、招來**

(易混淆片語) **fetch and carry** 跑腿、做雜事

(應用例句)

» Can you **_fetch in_** the flowerpot[1] on the balcony[2]?
你能把陽臺上的花盆拿進來嗎？

↱ **應用練習**

1. The low price[3] will **_fetch in_** a lot of buyers[4].
✍

例句關鍵單字

1 flowerpot 花盆
2 balcony 陽台
3 price 價格
4 buyer 買主

💬 flake out 🆚 fall in flakes
「因精疲力竭而癱倒」or「成薄片剝落」？

flake out [flek aʊt] （因精疲力竭）而癱倒

例句關鍵單字

(易混淆片語) **fall in flakes** 成薄片剝落

1 work 工作
2 long 長
3 home 家

(應用例句)

» He ***flaked out*** after working[1] for a long[2] time.
他因為長時間工作而癱倒了。

↱ 應用練習

2. He ***flaked out*** on the bed after he got home[3].

✍ _____

💬 flap one's wings 🆚 get into a flap
「拍動翅膀」or「惴惴不安」？

flap one's wings [flæp wʌns wɪŋz]
拍動翅膀

例句關鍵單字

(易混淆片語) **get into a flap**
　　　　　開始變得惴惴不安

1 fly 飛翔
2 far 遠
3 anymore 再也
　不、不再

(應用例句)

» The birds can fly[1] very far[2] by ***flapping their wings***.
鳥兒透過拍打翅膀可以飛得很遠。

↱ 應用練習

3. The bird could not ***flap its wings*** anymore[3].

✍ _____

💬 flaw in ⓥ a flaw in character
「有缺陷」or「性格上的缺陷」？

flaw in [flɔ ɪn] 有缺陷、有瑕疵

(易混淆片語) **a flaw in character**
性格上的缺陷

(應用例句)

例句關鍵單字
1 contract 合同
2 sign 簽署
3 china 瓷器

» There is a ***flaw in*** the contract[1] we signed[2] yesterday.
我們昨天簽署的合約中有個漏洞。

↪ 應用練習

4. There are a few[3] small ***flaws in*** the base of the china[4].

💬 flip through ⓥ flip at
「快速地翻閱」or「猛擊」？

flip through [flɪp θru] 快速地翻閱

(易混淆片語) **flip at** 猛擊

(應用例句)

例句關鍵單字
1 in a hurry 立即、匆忙
2 write 寫、寫字、寫作
3 before 在……之前

» I am in a hurry[1], so I'll just ***flip through*** what you have written[2].
我在趕時間，所以我就快速翻閱一下你寫的東西。

↪ 應用練習

5. You'd better ***flip through*** the book before[3] you buy it.

Answers 中譯參考

1. 低價可以吸引更多買家。
2. 回到家後他一下就癱倒在床上了。
3. 這隻鳥沒辦法再拍動翅膀了。
4. 這個瓷器的底部有幾個小斑點。
5. 你最好在購買前先快速翻閱一下這本書。

💬 foster one's interest in ⓥ foster a hope
「培養興趣」or「抱著希望」？

foster one's interest in

[ˈfɔstɚ wʌns ˈɪntərɪst ɪn] **培養某方面的興趣**

1 try to 嘗試
2 art 藝術
3 hard 困難的
4 writing 作品、寫作

(易混淆片語) **foster a hope** 抱著一個希望

(應用例句)

» I am trying to[1] ***foster my interest in*** arts[2].
我正在努力培養自己對藝術的興趣。

✏ 應用練習

1. It is hard[3] for him to ***foster his interest in*** writing[4].
👈

💬 foul play ⓥ foul out
「犯規」or「退場」？

foul play [faʊl ple] **犯規、不正當行為**

1 yellow 黃色的
2 police 員警
3 suspect 懷疑

(易混淆片語) **foul out**
犯規超過限定次數而被罰退場

(應用例句)

» He is given a yellow[1] card because of his
foul play.
他因為犯規而得到一張黃牌。

✏ 應用練習

2. The police[2] suspected[3] ***foul play***, so decided to investigate it.
👈

💬 frown on 🆚 draw one's brows together in a frown 「表示不滿」or「板著臉皺眉」?

frown on [fraʊn ɑn] 對……表示不滿

(易混淆片語) **draw one's brows together in a frown** 板著臉並皺著眉頭

(應用例句)

» My parents[1] always *frown on* drinking wine[2].
我的父母總是反對喝酒。

➜ 應用練習

3. I guess[3] the boss[4] will *frown on* such plan.

👉

例句關鍵單字
1 parents 父母
2 wine 酒
3 guess 猜測、推測
4 boss 老闆

💬 fuel up 🆚 add fuel to the flames 「加燃料」or「火上加油」?

fuel up [ˈfjʊə ʌp] 加燃料

(易混淆片語) **add fuel to the flames** 火上加油

(應用例句)

» Will the plane[1] stop in Hong Kong to *fuel up*?
飛機會停在香港加燃料嗎?

➜ 應用練習

4. The plane needs[2] to *fuel up* before it takes off[3].

👉

例句關鍵單字
1 plane 飛機
2 need 需要
3 take off 起飛、離開

💬 furious with anger vs at a furious pace
「狂怒」or「以最高速度」?

furious with anger

[ˈfjʊrɪəs wɪð ˈæŋgɚ] **狂怒、大發雷霆**

(易混淆片語) **at a furious pace** 以最高速度

(應用例句)

> » He was ***furious with anger*** because[1] she made a big mistake[2].
> 他因為她犯了一個很大的錯誤而大發雷霆。

✦ 應用練習

5. I am ***furious with anger*** because he ruined[3] the whole plan.
✍

例句關鍵單字
1 because 因為
2 mistake 錯誤、過失
3 ruin 毀壞

Answers 中譯參考

1. 要他培養對寫作的興趣很難。
2. 警方懷疑有不當行為，因此決定調查此事。
3. 我猜老闆會不贊同該計畫。
4. 飛機起飛前，需要先加燃料。
5. 我因為他毀了整個計畫而大發雷霆。

G—✋

💬 gain information about... vs ask for information
「獲得……的情報」or「打聽消息」?

gain information about...

[gen ˌɪnfɚˈmeʃən əˌbaʊt] **獲得……的情報**

(易混淆片語) **ask for information** 打聽消息

例句關鍵單字
1 enemy 敵人、敵人
2 someone 有人、某人
3 force 軍隊、武力

» How did he ***gain information about*** the enemy[1]?
他是如何獲得敵人的情報？

應用練習

1. Someone[2] said he had ***gained information about*** this force[3].

---

gallop away ⓥ at a full gallop
「飛奔而去」or「用最大速度跑」？

gallop away [ˈgæləp əˈwe] 飛奔而去

易混淆片語 **at a full gallop** 用最大速度跑

例句關鍵單字
1 horse 馬
2 prince 王子
3 just now 剛才

應用例句

» The horse[1] ***galloped away*** with the prince[2].
王子乘這匹馬飛奔而去。

應用練習

2. Didn't you see a horse ***gallop away*** just now[3]?

---

gaze at ⓥ attract the gaze of people
「盯住」or「引人注目」？

gaze at [gez æt] 盯住

易混淆片語 **attract the gaze of people**
引人注目

例句關鍵單字
1 picture 圖畫
2 amazement 驚異、驚愕
3 lost 陷入

應用例句

» I ***gaze at*** this picture[1] whit amazement[2].
我驚訝地凝視這幅畫。

應用練習

3. He ***gazed at*** her and became lost[3] in thought.

💬 generation gap ⓥ fill in the gap
「代溝」or「填補空白」?

generation gap [ˌdʒɛnəˈreʃən gæp] **代溝**

例句關鍵單字

(易混淆片語) **fill in the gap** 填補空白

1 between 兩者之間
2 friend 朋友
3 think 認為

(應用例句)

» There is a ***generation gap*** between[1] my
friend[2] and his father.
我朋友和他父親之間存在代溝。

☛ 應用練習

4. I don't think[3] there is a ***generation gap*** between us.

👈

💬 get an insight into ⓥ have an insight into
「對……有所瞭解」or「瞭解」?

get an insight into

[gɛt æn ˈɪnˌsaɪt ˈɪntu] **對……有所瞭解**

例句關鍵單字

(易混淆片語) **have an insight into** 瞭解

1 human 人類
2 character 性格、
品質
3 workshop 工作室
4 operation 運作、
操作

(應用例句)

» The old man ***got an insight into*** human[1]
character[2].
這位老人能洞察人性。

☛ 應用練習

5. You can come to our workshop[3] and ***get an insight into*** its
operation[4].

👈

💬 get tough with sb. 🆚 tough it out
「對某人帶度強硬起來」or「忍耐過去」？

get tough with sb.

[ɡɛt tʌf wɪð ˋsʌmˌbɑdɪ] **對某人的態度強硬起來**

(易混淆片語) tough it out 忍耐過去

(應用例句)

> » It is time to ***get tough with*** these unscrupulous[1] businessmen[2].
>   是時候對這些不法商人採取強硬措施了。

☞ 應用練習

6. It's time to ***get tough with*** the drivers[3] who often get drunk.

✍

例句關鍵單字

1 unscrupulous 肆無忌憚的
2 businessman 商人、生意人
3 driver 司機

💬 give a graphic description of... 🆚 of all description
「生動地描述」or「各種各樣的」？

give a graphic description of...

[ɡɪv ə ˋɡræfɪk dɪˋskrɪpʃən ɑv] **生動地描述**

(易混淆片語) of all description
　　　　　　　各種各樣的、形形色色的

(應用例句)

> » This article[1] ***gives a graphic description of*** the scenery[2] there.
>   這篇文章對那裡的景色做了生動的描述。

☞ 應用練習

7. Can you ***give a graphic description of*** this matter[3]?

✍

例句關鍵單字

1 article 文章
2 scenery 風景、景色
3 matter 事件

Answers 中譯參考

1. 有人說他已經獲得這支部隊的相關情報。
2. 你剛才沒有看到有匹馬飛奔而過？
3. 他凝望著她，陷入了沉思。
4. 我不認為我們之間存在代溝。
5. 你可以到我們的工作室來瞭解它的運作。
6. 是時候對那些經常酒駕的司機採取強硬措施。
7. 你能把這件事生動地描述出來嗎？

💬 give facilities for vs with facility
「給予……方便」or「容易」?

give facilities for [gɪv fəˈsɪlətɪ fɔr]
給予……方便

例句關鍵單字

1 change 改變、變化
2 software 軟體
3 data 資料
4 processing 處理、加工

(易混淆片語) **with facility** 容易、流利

(應用例句)

» This change[1] will **_give facilities for_** our work.
這個改變將使我們的工作更加便利。

↗ 應用練習

1. This software[2] **_gives facilities for_** data[3] processing[4].
✍

💬 glare at vs in the full glare of publicity
「怒視著」or「眾目睽睽下」?

glare at [glɛr æt] 怒視著……

例句關鍵單字

1 know 知道
2 often 時常、常常
3 watch 手錶

(易混淆片語) **in the full glare of publicity**
在眾目睽睽下、非常顯眼

(應用例句)

» I don't know[1] why he often[2] **_glares at_** me.
我不知道他為何老是怒視著我。

↗ 應用練習

2. He often **_glares at_** me because I lost his watch[3] last week.
✍

💬 gnaw at 🆚 gnaw off 「啃」or「咬去」?

gnaw at [nɔ æt] 咬、啃

(易混淆片語) **gnaw off** 咬去

(應用例句)

» Don't you see a little[1] dog ___gnawing at___ a bone over there[2]?
  你沒看到那隻小狗在啃骨頭嗎?

↗ 應用練習

3. You cannot allow[3] the kids to ___gnaw at___ his fingernails[4] often.

✍ _____

例句關鍵單字
1 little 小的
2 over there 在那邊
3 allow 允許
4 fingernail 指甲

💬 go bankrupt 🆚 bankrupt of 「破產」or「完全缺乏」?

go bankrupt [go ˈbæŋkrʌpt] 破產

(易混淆片語) **bankrupt of** 完全缺乏

(應用例句)

» It is said that his company[1] ___went bankrupt___.
  據說他的公司破產了。

↗ 應用練習

4. He ___went bankrupt___ soon after[2] the financial crisis[3].

✍ _____

例句關鍵單字
1 company 公司
2 after 在……之後
3 financial crisis 金融危機

Answers 中譯參考

1. 這個軟體使資料處理更為便利了。
2. 他常常怒視我,因為上週我把他的手錶弄丟了。
3. 不能允許小孩經常咬自己的指甲。
4. 金融危機之後他就破產了。

💬 good intent ⓥ intent on doing sth.
「出於善意」or「對某事專心致志」?

good intent [gʊd ɪnˈtɛnt] **出於善意**

(易混淆片語) **intent on doing sth.**
　　　　　　　對某事專心致志

1 scold 責備、責罵
2 wrong 錯誤的

(應用例句)

> I won't scold[1] you for what you did was with **_good intent_**.
> 我不會責備你的，因你做這件事也是出於好意。

↱ 應用練習

1. He did a wrong[2] thing, but with **_good intent_**.
🖎 _____

💬 go off the rails ⓥ by rail
「越軌」or「經由鐵路」?

go off the rails [go ɔf ðə rels] **越軌**

(易混淆片語) **by rail 經由鐵路**

1 forgive 原諒
2 believe 相信
3 responsible 有責
　 任的、可靠的

(應用例句)

> I won't forgive[1] him if he **_goes off the_**
> **_rails_**.
> 如果他有越軌行為，我是不會原諒他的。

↱ 應用練習

2. I believe[2] that he won't **_go off the rails_** because he is a very
responsible[3] person.
🖎 _____

🗨 go on a voyage 🆚 a voyage round the world 「去航海」or「環遊世界的旅行」？

go on a voyage [go ɑn ə ˋvɔɪɪdʒ] **去航海**

例句關鍵單字

1 uncle 叔叔
2 week 周、星期

(易混淆片語) **a voyage round the world**
環遊世界的旅行

(應用例句)

» We will ***go on a voyage*** with my uncle[1] next week[2].
我們下週將和叔叔去航海旅行。

↗ 應用練習

3. Will you ***go on a voyage*** with all of us?

🖎 _____

🗨 grieve for... 🆚 grieve at 「為……而哀悼」or「感到非常後悔」？

grieve for... [griv fɔr] **為……而哀悼**

例句關鍵單字

1 son 兒子
2 die 死亡、死於
3 still 仍然
4 late 已故的

(易混淆片語) **grieve at**
（對某事）感到非常後悔、懊悔

(應用例句)

» They are still ***grieving for*** their son[1] who
died[2] over a year ago.
他們仍然在哀悼那去世一年多的兒子。

↗ 應用練習

4. My father and I are still[3] ***grieving for*** our late[4] mother.

🖎 _____

Answers 中譯參考

1. 他做了錯事，但是是出於好意。
2. 我相信他不會有越軌行為，因為他是一個極負責的人。
3. 你會和我們所有人一起去航海旅行嗎？
4. 父親和我仍然為死去的母親哀悼。

💬 groan out ⑤ groan inwardly
「用低沉的聲音說」or「內心痛苦」？

groan out [gron aʊt] **用低沉的聲音說出**

例句關鍵單字

(易混淆片語) **groan inwardly** 內心痛苦

(應用例句)

» The poor man passed away[1] even without **_groaning out_** his last words[2].
這個可憐人沒有說出自己的遺言就去世了。

例句關鍵單字
1 pass away 去世、離開
2 last word 最後一句話、遺言
3 seriously 嚴重地
4 barely 幾乎不

✏ **應用練習**

1. He is seriously[3] ill and can barely[4] **_groan out_** any words.
🔊

💬 growl at ⑤ growl (out) an answer
「對……咆哮」or「咆哮著回答」？

growl at [graʊl æt] **對……咆哮**

(易混淆片語) **growl (out) an answer** 咆哮著回答

(應用例句)

» I was scared[1] when the dog **_growled at_** me.
那隻狗朝我咆哮的時候，我很害怕。

例句關鍵單字
1 scared 害怕的
2 everyone 每個人
3 angry 生氣的、憤怒的

✏ **應用練習**

2. He will **_growl at_** everyone[2] when he is angry[3].
🔊

Answers 中譯參考

1. 他病得很重，幾乎無法說出任何話。
2. 他生氣的時候會對每個人發火。

H—

💬 harden up ⓥ harden one's heart against
「刻苦」or「對……硬起心腸」？

harden up [ˈhɑrdn̩ ʌp] **刻苦**

例句關鍵單字

1 a little bit 有點兒、一點兒
2 scholarship 獎學金

(易混淆片語) **harden one's heart against**
對……硬起心腸

(應用例句)

» You can make it if you ***harden up*** a little bit[1].
如果你再刻苦一點，就能成功了。

↗ 應用練習

1. ***Harden up*** a little bit, you will get a scholarship[2].

🖎 _____

💬 haul up ⓥ haul down one's flag
「把……拖上來」or「偃旗息鼓」？

haul up [hɔl ʌp] **(1) 把……拖上來 (2) 停下**

例句關鍵單字

1 boat 船
2 sea 海
3 in front of 前面
4 a glass of 一杯

(易混淆片語) **haul down one's flag** 偃旗息鼓

(應用例句)

» Can you ***haul up*** the boat[1] from the sea[2] with me?
你能和我一起將船從海裡拖上來嗎？

↗ 應用練習

2. He ***hauled up*** in front of[3] the girl and gave her a glass of[4] wine.

🖎 _____

💬 have initiative ⓥⓢ on one's own initiative
「有開創精神」or「自動地」?

have initiative [hæv ɪˈnɪʃətɪv]
有開創精神

(易混淆片語) on one's own initiative
主動地、自動地

(應用例句)

» He is a person who *has initiative* to start[1] anything[2].
他是一個具有開創精神的人。

↗ 應用練習

3. The man did not *have initiative* to start his own business[3].
☞

💬 have a moan ⓥⓢ moan and groan
「發牢騷」or「呻吟不止」?

have a moan [hæv ə mon] **發牢騷、訴苦**

(易混淆片語) moan and groan 呻吟不止

(應用例句)

» They often *have a moan* about their
boss[1] after work.
下班後他們常常抱怨老闆。

↗ 應用練習

4. The old[2] man often *has a moan* about his poor[3] life.
☞

💬 have a reputation for 🆚 make a reputation for oneself
「因……而有名」or「贏得名聲」？

have a reputation for

[hæv ə ˌrɛpjəˈteʃən fɔr] **因……而有名**

例句關鍵單字

1 laziness 懶惰
2 at home 在家裡
3 industrious 勤勉的

(易混淆片語) **make a reputation for oneself** 贏得名聲

(應用例句)

» The boy *__has a reputation for__* laziness[1] at home[2].
這個男孩子在家是出了名的懶惰。

♪ 應用練習

5. He *__has a reputation for__* being industrious[3] at school.

🖒 _____

💬 hiss at 🆚 hiss off
「對……發出噓聲」or「把……噓下」？

hiss at [hɪs æt] **對……發出噓聲**

例句關鍵單字

1 audience 觀眾
2 play 戲劇
3 perform 表演
4 on the stage 在舞臺上

(易混淆片語) **hiss off** 把……噓下

(應用例句)

» Many audiences[1] *__hissed at__* the new play[2] last night.
昨晚有好多觀眾對新戲發出噓聲。

♪ 應用練習

6. They all *__hissed at__* him while he was performing[3] on the stage[4].

🖒 _____

💬 hook on to vs get the hook
「鉤住」or「被免職」？

hook on to [hʊk ɑn tu] **鉤住、追隨**

例句關鍵單字

1 help 説明
2 caravan 篷
3 easy 容易的、簡單的
4 van 貨車

易混淆片語　**get the hook**　被免職

應用例句

» Can you help[1] me ***hook*** the caravan[2] ***on to*** the car?
　你能幫我把這台有篷的拖車掛在汽車上嗎？

✐ 應用練習

7. It is not easy[3] for us to ***hook*** it ***on to*** the van[4] without others' help.
👈

Answers 中譯參考

1. 努力點，你會得到獎學金的。
2. 他在那個女孩面前停下，給她遞了一杯酒。
3. 這個人沒有自己創業的積極性。
4. 老人常常抱怨自己清貧的生活。
5. 他在學校是出了名的勤奮刻苦。
6. 他在舞臺上表演的時候，觀眾向他發出噓聲。
7. 如果其他人沒幫忙，要我們自己把它掛上有篷車並不容易。

I —👆

💬 identify with vs identify oneself with
「認同」or「支持」？

identify with [aɪˋdɛntəˌfaɪ wɪð] **認同**

例句關鍵單字

1 feeling 感受
2 only 只
3 age 年齡

易混淆片語　**identify oneself with**
　　　　　　支持、參與

應用例句

» I can ***identify with*** this mother's feeling[1].
　我能夠認同這位母親的感受。

↗ 應用練習

1. The kids only[2] *__identify with__* those from the same age[3].
💭 _____

💬 immigrate to... ⓥ immigrate to other places 「移入」or「遷徙到別處」?

immigrate to... [`ɪmə͵gret tu] 移入⋯⋯

例句關鍵單字

1 Canada 加拿大
2 planning 計畫
3 next month 下個月

易混淆片語 **immigrate to other places**
遷徙到別處

應用例句

» When did you *__immigrate to__* Canada[1]?
你是什麼時候移居到加拿大的?

↗ 應用練習

2. We are planning[2] to *__immigrate to__* New Zealand next month[3].
💭 _____

💬 immune from ⓥ immune from taxation 「免疫」or「免稅」?

immune from [ɪ`mjun frɑm] 免疫

例句關鍵單字

1 financial crisis 金融危機
2 nobody 沒有人
3 mistake 錯誤

易混淆片語 **immune from taxation** 免稅

應用例句

» Japan is not *__immune from__* the financial crisis[1].
這場金融危機,日本同樣不能免疫。

↗ 應用練習

3. Nobody[2] is *__immune from__* making mistakes[3].
💭 _____

💬 impose on vs impose oneself upon sb.
「強加於」or「硬纏著某人」?

impose on [ɪmˈpoz ɑn] 強加於

易混淆片語 impose oneself upon sb.
　　　　　硬纏著某人、打擾某人

1 duty 稅收
2 farmer 農民
3 yourself 你自己

應用例句

» Don't *__impose__* such heavy duties[1] *__on__* farmers[2].
不要讓農民繳這麼多稅了。

✒ 應用練習

4. Don't *__impose__* yourself[3] *__on__* person who doesn't like you.

💬 imprison one's anger vs furious with anger
anger 「強壓怒火」or「狂怒」?

imprison one's anger

[ɪmˈprɪzn̩ wʌns ˈæŋgɚ] 強壓怒火

易混淆片語 furious with anger 狂怒

應用例句

» It took an almost superhuman[1] effort[2] to *__imprison his anger__*.
他以超常的克制力強壓怒火。

✒ 應用練習

5. He *__imprisoned his anger__* and walked away[3].

例句關鍵單字

1 superhuman 超常的
2 effort 努力
3 walked away 走開

💬 in a capsule 🆚 a capsule review
「簡而言之」or「短評」?

in a capsule [ɪn ə ˈkæpsl̩]
簡而言之、概括地説

(易混淆片語) **a capsule review** 簡評、短評

(應用例句)

例句關鍵單字

1 age 時代
2 challenge 挑戰
3 role 角色
4 economic crisis 經
 濟危機

» ***In a capsule***, we are living in an age[1] of challenges[2].

總之，我們生活在一個充滿挑戰的時代。

👉 應用練習

6. ***In a capsule***, the government played an important role[3] in the economic crisis[4].

✍

Answers 中譯參考

1. 孩子只認同那些年齡相仿的朋友。
2. 我們正準備下個月移居紐西蘭。
3. 誰都難免犯錯。
4. 不要勉強和不喜歡你的人在一起。
5. 他強壓怒火走開了。
6. 總之，政府在這次經濟危機中扮演了重要的角色。

💬 in accordance with ⓥⓢ in compliance with
誰「依照」？

in accordance with [ɪn əˋkɔrdn̩s wɪð]

(1) 依照 (2) 一致

易混淆片語 **in compliance with** 依照

應用例句

» ***In accordance with*** his father's wish[1], he set up[2] a Hope Primary School.
依照他父親的願望，他建了一所希望小學。

↪ 應用練習

1. Your deed[3] is never ***in accordance with*** your view[4].
✍ _____

例句關鍵單字

1 wish 願望
2 set up 建立
3 deed 行為
4 view 觀點

💬 in anticipation of ⓥⓢ by anticipation
「期待著」or「預先」？

in anticipation of [ɪn ænˌtɪsəˋpeʃən ɑv]

(1) 期待著…… (2) 預計……

易混淆片語 **by anticipation** 預先、事先

應用例句

» We are all ***in anticipation of*** the first customer's[1] coming.
大家都期待著第一個顧客的到來。

↪ 應用練習

2. I had taken an umbrella[2] ***in anticipation of*** rain[3].
✍ _____

例句關鍵單字

1 customer 顧客
2 umbrella 傘
3 rain 雨

💬 in attendance on vs take attendance
「護理」or「點名」？

in attendance on [ɪn əˈtɛndəns ɑn]
護理、伺候

〔易混淆片語〕 **take attendance** 點名

〔例句關鍵單字〕
1 sick 生病的
2 ill 不健康的
3 child 小孩

〔應用例句〕

» I was **_in attendance on_** my sick[1] mother.
  我在照料我生病的母親。

↗ 應用練習

3. She is **_in attendance on_** the ill[2] child[3].

🖎 _____

💬 in blossom vs come into blossom
「開花」or「開始開花」？

in blossom [ɪn ˈblɑsəm] **開花**

〔易混淆片語〕 **come into blossom** 開始開花

〔例句關鍵單字〕
1 apricot tree 杏樹
2 yard 院子
3 peach tree 桃樹

〔應用例句〕

» The apricot trees[1] in the yard[2] are going
  to be **_in blossom_**.
  院子裡的杏樹要開花了。

↗ 應用練習

4. There are many peach trees[3] covered **_in blossom_** there.

🖎 _____

Answers 中譯參考

1. 你的行為與觀點永遠不一致。
2. 我預計會下雨，所以帶了把傘。
3. 她在照顧生病的小孩。
4. 那裡有許多開滿花的桃樹。

💬 in consequence of ⓥ face the consequences of one's action
「由於」or「自食其果」？

in consequence of

[ɪn ˈkɑnsəˌkwɛns ɑv] **由於**

例句關鍵單字

1 absence 缺席
2 cancel 取消
3 cough 咳嗽
4 frequently 經常

(易混淆片語) **face the consequences of one's action** 自食其果

(應用例句)

» **_In consequence of_** many people's absence[1], we have to cancel[2] the meeting.
由於很多人缺席，我們只得取消這次會議。

🖋 **應用練習**

1. **_In consequence of_** smoking, he coughs[3] frequently[4].
🖎

💬 in disguise ⓥ make no disguise of
「偽裝」or「不掩飾」？

in disguise [ɪn dɪsˈɡaɪz] **偽裝**

例句關鍵單字

1 among 在……之間
2 enemy 敵人
3 policeman 員警

(易混淆片語) **make no disguise of** 不掩飾

(應用例句)

» How about going among[1] the enemy[2] **_in disguise_**?
我們偽裝之後潛入敵人內部怎麼樣？

🖋 **應用練習**

2. I think he might be a policeman[3] **_in disguise_**.
🖎

💬 in disorder ㊌ fall into disorder
「混亂」or「陷入混亂」?

in disorder [ɪn dɪsˈɔrdɚ] **混亂、紊亂**

(易混淆片語) **fall into disorder** 陷入混亂

1 room 屋子
2 market 市場
3 month 月

(應用例句)

» When returning, his mother found the room[1] **_in disorder_**.
回家後，他媽媽發現屋子裡亂七八糟。

↗ 應用練習

3. The market[2] has been **_in disorder_** for months[3].

✍

💬 indulge in fantasy ㊌ live in a fantasy world 「異想天開」or「生活在幻想中」?

indulge in fantasy

[ɪnˈdʌldʒ ɪn ˈfæntəsɪ] **異想天開**

(易混淆片語) **live in a fantasy world**
生活在幻想世界中

例句關鍵單字

1 do solid work 腳踏實地工作
2 wildest 狂野的（wild 的最高級）

(應用例句)

» You'd better do solid work[1] and don't **_indulge in fantasy_**.
你最好腳踏實地去幹，不要異想天開。

↗ 應用練習

4. My kids always **_indulge in_** the wildest[2] **_fantasy_**.

✍

Answers 中譯參考

1. 因為抽菸的緣故，他經常咳嗽。
2. 我覺得他可能是便衣警察。
3. 市場已經混亂了好幾個月了。
4. 我的孩子總是喜歡異想天開。

💬 in exile ⓥ go into exile
「流亡」or「逃亡」？

in exile [ɪn ˈɛgzaɪl] **流亡**

易混淆片語 **go into exile 逃亡**

1 for 在……期間
2 reason 原因
3 live 生活

應用例句

» He had been *in exile* for[1] seven years.
他已經被流放七年了。

➡ 應用練習

1. For some reason[2], he has to live[3] *in exile* in Zambia.
🔊

💬 infect... with ⓥ be infected with
誰「感染」？

infect... with [ɪnˈfɛkt wɪð] **感染……**

例句關鍵單字

易混淆片語 **be infected with 感染、沾染上**

1 biological weapon
生化武器
2 serious 嚴重的
3 disease 疾病
4 get away 走開

應用例句

» A biological weapon[1] could *infect* a lot
of people *with* serious[2] diseases[3].
生化武器可以讓很多人身染重病。

➡ 應用練習

2. Get away[4], I don't want to *infect* you *with* my cold.
🔊

💬 in harmony with... 🆚 live in harmony
「協調一致」or「和睦相處」?

in harmony with... [ɪn ˋhɑrmənɪ wɪð]

與……協調一致

(易混淆片語) **live in harmony** 和睦相處

(應用例句)

» Human beings[1] should learn to live ***in harmony with*** the nature[2].

人類應該學會與自然和諧相處。

📣 應用練習

3. Her tastes[3] are ***in harmony with*** mine by coincidence[4].

📣 _____

例句關鍵單字
1 human beings 人類
2 nature 自然
3 taste 品味
4 coincidence 巧合

💬 in possession of 🆚 get possession of
「佔有」or「拿到」?

in possession of [ɪn pəˋzɛʃən ɑv]

佔有、擁有

(易混淆片語) **get possession of** 拿到、佔有

(應用例句)

» My dream[1] is ***in possession of*** a large manor[2].

我的夢想是擁有一個大莊園。

📣 應用練習

4. She is ***in possession of*** a lot of precious[3] jewelry[4].

📣 _____

例句關鍵單字
1 dream 夢想
2 manor 莊園
3 precious 珍貴的
4 jewelry 珠寶

Answers 中譯參考

1. 由於一些原因，他不得不在尚比亞過著流亡的生活。
2. 走開，我不想把感冒傳染給你。
3. 碰巧她的品味與我的一致。
4. 她擁有很多珍貴的珠寶。

💬 in reverse direction vs meet with reverses 「反方向」or「遭受挫折」?

in reverse direction

[ɪn rɪˈvɝs dəˈrɛkʃən] **反方向**

易混淆片語 meet with reverses
遭受挫折、吃敗仗

<table>
<tr><th colspan="2">例句關鍵單字</th></tr>
<tr><td>1 moment 瞬間</td></tr>
<tr><td>2 take 採取</td></tr>
<tr><td>3 road 路</td></tr>
</table>

應用例句

» The car was driven **_in reverse direction_** at that moment[1].
當時那輛車是從反方向開來的。

↗ 應用練習

1. We can take[2] the road[3] **_in reverse direction_**.
🖎

💬 instruct sb. to do sth. vs instruct sb. in English 「命令某人做某事」or「教某人英文」?

instruct sb. to do sth.

[ɪnˈstrʌkt ˈsʌmˌbɑdɪ tu du ˈsʌmθɪŋ]
命令、指示某人做某事

易混淆片語 instruct sb. in English
教某人英語

<table>
<tr><th colspan="2">例句關鍵單字</th></tr>
<tr><td>1 machine 機器</td></tr>
<tr><td>2 chemistry teacher
化學老師</td></tr>
<tr><td>3 experiment 實驗</td></tr>
</table>

應用例句

» Could you **_instruct me to_** use this machine[1]?
您能教我使用這台機器嗎?

↗ 應用練習

2. The chemistry teacher[2] **_instructed his students to_** do the experiment[3] as he did.
🖎

💬 integrate A with B 🆚 integrate ... into
「把 A 與 B 結合起來」or「使……併入」？

integrate A with B [ˈɪntəˌgret e wɪð bi]
把 A 與 B 結合起來

(易混淆片語) integrate ... into 使……併入

(應用例句)

» Why not ***integrate*** your suggestion[1] ***with*** mine[2]?
為什麼不把你的建議和我的結合起來呢？

↱ 應用練習

3. Do you really[3] want to ***integrate with*** us?

🖎 _____

💬 intend to do sth. 🆚 be intended to be
「打算做某事」or「規定為」？

intend to do sth.

[ɪnˈtɛnd tu du ˈsʌmθɪŋ] 打算做某事

(易混淆片語) be intended to be 規定為

(應用例句)

» I ***intend to*** take part in the speech contest[1] next month.
我打算參加下個月的演講比賽。

↱ 應用練習

4. Don't you ***intend to*** marry[2] her in the future[3]?

🖎 _____

Answers 中譯參考

1. 我們可以反方向走這條路。
2. 化學老師指示她的學生照她那樣做實驗。
3. 你們真想和我們聯合嗎？
4. 你沒打算將來跟她結婚嗎？

💬 intent upon doing sth. vs of intent
「對某事專心致志」or「有意地」？

intent upon doing sth.

[ɪnˋtɛnt əˋpɑn duɪŋ ˋsʌmθɪŋ] **對某事專心致志**

(易混淆片語) **of intent 有意地、蓄意地**

(應用例句)

» Are you ***intent upon*** destroying[1] my reputation[2]?
你是不是存心要敗壞我的名譽？

↗ 應用練習

1. They are so ***intent upon*** traveling[3] in Europe.
🗨

例句關鍵單字
1 destroy 敗壞
2 reputation 名譽
3 travel 旅行

💬 interact with... vs interact on
「與……互動」or「影響」？

interact with... [ˌɪntɚˋrækt wɪð]
與……互動、互相作用

(易混淆片語) **interact on 作用、影響**

(應用例句)

» The two questions[1] actually[2] ***interact with*** each other.
這兩個問題實際上是互相影響的。

↗ 應用練習

2. I should ***interact*** more ***with*** my students in class[3].
🗨

例句關鍵單字
1 question 問題
2 actually 實際上
3 in class 在課堂上

💬 interfere with ⓥ interfere in
「妨礙」or「干涉」?

interfere with [ɪntɚˈfɪr wɪð] 妨礙、干擾

易混淆片語 interfere in 干涉、干預

應用例句

» My parents[1] never ***interfere with*** what I do.
我父母從來不干涉我做的事。

例句關鍵單字

1 parents 父母
2 government 政府
3 market 市場

應用練習

3. I think the government[2] should ***interfere with*** the market[3].
☝

💬 intimidate sb. into doing sth. ⓥ keep sb. in order by intimidation
「脅迫某人做某事」or「用恫嚇手段迫使就範」?

intimidate sb. into doing sth.

[ɪnˈtɪməˌdet ˈsʌmˌbɑdɪ ˈɪntu duɪŋ ˈsʌmθɪŋ]

脅迫某人做某事

例句關鍵單字

1 gangster 歹徒
2 tell 告訴
3 little 幼小的

易混淆片語 keep sb. in order by intimidation 用恫嚇手段迫使人們就範

應用例句

» The gangster[1] ***intimidated*** me ***into*** not telling[2] the police.
歹徒威脅我不得報警。

應用練習

4. You should not ***intimate*** little[3] children ***into*** doing such things.
☝

Answers 中譯參考

1. 他們一心想著要去歐洲旅行
2. 我應該在課堂上與學生有更多互動。
3. 我認為政府應該干預市場。
4. 你不應該脅迫小孩做這種勾當。

💬 invade one's privacy 🆚 invade sb.'s rights 「侵犯隱私」or「侵犯權利」?

invade one's privacy

[ɪnˈved wʌns ˈpraɪvəsɪ] **侵犯某人的隱私**

易混淆片語 invade sb.'s rights
侵犯某人的權利

1 what 什麼
2 did 做（do 的過去式）
3 wrong 不對的

應用例句

» What[1] you did[2] has *invaded his privacy*.
你的所作所為已經侵犯了他的隱私。

➦ 應用練習

1. It's wrong[3] to *invade others' privacy*.
🖋 _____

💬 in vain 🆚 for vain 「徒然」or「徒勞地」?

in vain [ɪn ven] **徒然**

易混淆片語 for vain 徒勞地

例句關鍵單字

1 hard work 辛苦工作
2 direction 方向
3 day after day 日復一日
4 station 車站

應用例句

» All your hard work[1] is *in vain* if you
don't have a right direction[2].
如果你方向不對，你所有的努力都是白費。

➦ 應用練習

2. Day after day[3], the dog waited *in vain* for his owner in the
station[4].
🖋 _____

💬 invest in... 🆚 invest sb. with full power
「投資於」or「授予全權」？

invest in... [ɪnˈvɛst ɪn] 投資於⋯⋯

例句關鍵單字

1 education 教育
2 family 家庭
3 wise 明智的
4 project 項目

(易混淆片語) **invest sb. with full power**
授予某人全權

(應用例句)

» Education[1] is the best way for a family[2]
to ***invest in*** the future.
教育是一個家庭對未來的最佳投資。

↱ 應用練習

3. I don't think it is wise[3] to ***invest in*** this project[4].

🖎 _____

💬 involve in... 🆚 be involved with
「牽涉」or「涉及」？

involve in... [ɪnˈvɑlv ɪn] 牽涉、捲入⋯⋯

例句關鍵單字

1 department 部門
2 You'd better...
你最好⋯⋯
3 strike 罷工事件

(易混淆片語) **be involved with** 涉及

(應用例句)

» This project ***involves in*** many
departments[1].
這項計畫牽涉到許多部門。

↱ 應用練習

4. You'd better[2] not ***involve in*** the strike[3].

🖎 _____

Answers 中譯參考

1. 侵犯別人的隱私是不對的。
2. 日復一日，那隻狗徒勞地在車站等待牠的主人。
3. 我認為投資這個項目是不明智的。
4. 你最好不要捲入這次罷工事件。

L —

💬 latest fad 🆚 the latest news
「最新流行」or「最新消息」？

latest fad [ˈletɪst fed]　**最新流行**

例句關鍵單字

1 haircut 髮型
2 young 年輕的
3 executive 高層管理人員

(易混淆片語)　**the latest news**　**最新消息**

(應用例句)

» Do you know what the *latest fad* of haircut[1] is?

你知道最新的時尚髮型是什麼嗎？

↪ 應用練習

3. Iphone 14 is the *latest fad* among young[2] executives[3].

💬 loyal to 🆚 loyalty to
「對誰忠誠」？

loyal to [ˈlɔɪəl tu]　**對……忠誠**

例句關鍵單字

1 own 自己的
2 dear 親愛的
3 forever 永遠

(易混淆片語)　**loyalty to**　**對……的忠誠**

(應用例句)

» Everyone should be *loyal to* their own[1] country.

每個人都必須忠誠於自己的國家。

↪ 應用練習

4. I will be *loyal to* my dear[2] wife forever[3].

💬 lure back ⓥ alight on the lure
「把……吸引回」 or 「上當」？

lure back [lʊr bæk] 把……吸引回

(易混淆片語) **alight on the lure** 上當

(應用例句)

» Do you believe[1] that Taiwan could ***lure*** those talented[2] people ***back***?
你相信台灣能把那些人才吸引回國嗎？

↪ 應用練習

3. The biologists[3] hope to ***lure*** those fish ***back*** to the ocean[4].

Answers 中譯參考

1. Iphone 14 成為年輕高層管理人員的最新時尚。
2. 我將永遠忠於我的愛妻。
3. 生物學家希望誘導那些魚回到海洋。

M—

💬 make a commitment to ⓥ enter into commitment 「約定」or「承擔義務」？

make a commitment to

[mek ə kə`mɪtmənt tu] 約定、許諾

(易混淆片語) **enter into commitment** 承擔義務

(應用例句)

» He ***made a commitment to*** return[1] the money[2] within a week.
他許諾一週內還錢。

↪ 應用練習

1. It is not necessary[3] to ***make a commitment to*** them.

💬 make a confession 🆚 confession of faith
「承認」or「信仰聲明」?

make a confession [mek ə kənˈfɛʃən]
承認、告解

(易混淆片語) **confession of faith** 信仰聲明

(應用例句)

» I don't think[1] he will ***make a confession*** of his crimes[2].
我覺得他不會承認自己所犯的罪行。

🖉 應用練習

2. Has the suspect[3] ***made a confession*** yet?
🖎

💬 make a declaration 🆚 joint declaration
「宣告」or「聯合聲明」?

make a declaration
[mek ə ˌdɛkləˈreʃən] **宣告、聲明**

(易混淆片語) **joint declaration** 聯合聲明

(應用例句)

» When did the president[1] ***make a declaration*** of the war[2]?
總統是何時宣戰的?

🖉 應用練習

3. All the members are required[3] to ***make a declaration*** of their business interests[4].
🖎

💬 make a diversion of attention 🆚 create a diversion 「分散注意力」or「聲東擊西」？

make a diversion of attention

[mek ə dəˋvɝʒən ɑv əˋtɛnʃən] **分散注意力**

(易混淆片語) **create a diversion**
　　　　　　分散注意力、聲東擊西

(應用例句)

» His words ***made a diversion of attention***[1] during the meeting[2].
他的話分散了會議上人們的注意力。

✒ 應用練習

4. The joke[3] ***made a diversion of attention*** at class[4].
✒

(例句關鍵單字)
1 attention 注意力
2 meeting 會議
3 joke 笑話
4 at class 課堂上

💬 make a fuss over... 🆚 get into a fuss
「為……大驚小怪」or「焦急」？

make a fuss over... [mek ə fʌs ˋovɚ]
為……大驚小怪

(易混淆片語) **get into a fuss　焦急、忙亂**

(應用例句)

» Don't ***make a fuss over*** trifles. It's not a big deal[1].
不要大驚小怪的。這沒什麼大不了。

✒ 應用練習

5. He won't ***make a fuss over*** such thing[2] again[3].
✒

(例句關鍵單字)
1 big deal 大人物、了不起的事
2 thing 事情
3 again 再次

Answers 中譯參考

1. 沒必要對他們做出承諾。
2. 嫌疑犯有招供嗎？
3. 所有成員都被要求宣布他們的商業利益。
4. 這個笑話分散了課堂上學生們的注意力。
5. 他不會再對這樣的事情大驚小怪。

💬 make an accommodation to ⓥ come to an accommodation 「適應」or「達到和解」?

make an accommodation to

[mek æn əˈkɑməˌdeʃən tu] 適應

例句關鍵單字
1 condition 條件
2 easy 容易的、簡單的
3 harsh 艱苦的、嚴酷的

(易混淆片語) come to an accommodation
達到和解、達到妥協

(應用例句)

» You should **_make an accommodation to_** the living conditions[1] here.
你應該要適應這裡的生活條件才行。

↗ 應用練習

1. It is not easy[2] for them to **_make an accommodation to_** such harsh[3] conditions.

👈

💬 make an appointment with... ⓥ break one's appointment 「和……有約」or「違約」?

make an appointment with...

[mek æn əˈpɔɪntmənt wɪð] 和……有約

例句關鍵單字
1 manager 經理
2 next 下一個
3 Friday 週五

(易混淆片語) break one's appointment
違約、失約

(應用例句)

» I'd like to **_make an appointment with_** your manager[1].
我想和你們的經理約時間見個面。

↗ 應用練習

2. Can I **_make an appointment with_** you next[2] Friday[3]?

👈

💬 make an assessment of... 🆚 environmental assessment
「對……做了一番評估」or「環境影響評估」?

make an assessment of...

[mek æn ə'sɛsmənt ɑv] **對……做了一番評估**

(易混淆片語) **environmental assessment**
環境影響評估

(應用例句)

例句關鍵單字

1 manager 經理
2 achievement 成績、成就
3 committee 委員會
4 project 計畫、專案

» The manager[1] will ***make an assessment of*** our achievements[2] this week.
經理將在這週對我們的表現做評估。

⤷ **應用練習**

3. The committee[3] will ***make an assessment of*** the project[4].
✍

💬 make a profession to do sth. 🆚 by profession 「以做某事為業」or「就專業來說」?

make a profession to do sth.

[mek ə prə'fɛʃən tu du 'sʌmθɪŋ] **以做某事為業**

(易混淆片語) **by profession** 就專業來說

(應用例句)

例句關鍵單字

1 teach 教
2 sister 姐姐、妹妹
3 write 寫
4 article 文章

» She ***made a profession to*** teach[1] the students.
她以教書為業。

⤷ **應用練習**

4. My sister[2] ***made a profession to*** write[3] all kinds of articles[4].
✍

Answers 中譯參考
> 1. 要想適應如此艱苦的條件對他們而言並不簡單。
> 2. 我能和你約在下週五嗎?
> 3. 委員會將對該專案做了一個評估。
> 4. 妹妹以撰寫各類文章為業。

💬 make oneself too remarkable vs a remarkable change
「鋒芒畢露」or「顯著的變化」?

make oneself too remarkable

[mek wʌnˋsɛlf tu rɪˋmɑrkəbl]

鋒芒畢露、太過招搖

(易混淆片語) **a remarkable change**
顯著的變化

(應用例句)

» Oak[1] may fall when reeds stand the storm[2], so don't ***make yourself too remarkable***.
樹大招風，你不要太過招搖了。

↪ 應用練習

1. Everyone would be jealous[3] of you if you ***make yourself too remarkable***.

🖎 _____

例句關鍵單字
1 oak 橡樹
2 storm 暴風雨
3 jealous 嫉妒的

💬 marriage vow vs steal a marriage
「婚約」or「祕密結婚」?

marriage vow [ˋmærɪdʒ vaʊ] 婚約

(易混淆片語) **steal a marriage** 祕密結婚

(應用例句)

» Will the one who violates[1] ***marriage vow*** be punished[2] by law?
違反婚誓的人會受到法律的懲罰嗎？

↪ 應用練習

2. He is a playboy[3], and always forgets his ***marriage vow*** after he goes out.

🖎 _____

例句關鍵單字
1 violate 違反
2 punish 懲罰
3 playboy 花花公子

💬 marvel at 🆚 a marvel of (sth.)
「感到驚訝」or「奇特例子」?

marvel at [`mɑrvl̩ æt] **感到驚訝**

(易混淆片語) **a marvel of (sth.)**
（某一事物的）奇特的例子

(應用例句)

» All the people there _**marveled at**_ his boldness[1].

所有人都讚佩他的勇敢。

✦ 應用練習

3. The travelers[2] all _**marvel at**_ the beauty[3] of the landscape[4].

✍

例句關鍵單字
1 boldness 勇敢、大膽
2 traveler 遊客
3 beauty 美、美麗
4 landscape 風景

💬 material on... 🆚 material evidence
「有關……的資料」or「重要證據」?

material on... [mə`tɪrɪəl ɑn]

有關……的資料

(易混淆片語) **material evidence** 重要證據

(應用例句)

» Can you send[1] me some _**material on**_ your machine[2]?

你能寄一些有關你們機器的材料給我嗎？

✦ 應用練習

4. I can help search[3] some _**material on**_ oil spills[4].

✍

例句關鍵單字
1 send 寄
2 machine 機器
3 search 搜尋
4 spill 溢出、濺出

Answers 中譯練習

1. 如果你太鋒芒畢露，那麼每個人都會嫉妒你。
2. 他是個花花公子，總是出門之後就忘記了自己的婚誓。
3. 遊客們無不對風景之美讚嘆有加。
4. 我能幫忙找一些有關石油外漏的資料。

💬 meditate on... ⓥ meditate a trip abroad
「思考⋯⋯」or「計畫一次出國旅行」？

meditate on... [ˈmɛdəˌtet ɑn] **思考⋯⋯**

(易混淆片語) **meditate a trip abroad**
　　　　　計畫作一次出國旅行

(應用例句)

1 lie 躺
2 more 更多的
　（many 或 much
　的比較級）
3 peace 和平

» He often ***meditates on*** his life when he lies[1] in bed.

　他躺在床上的時候常常思考自己的生活。

☞ 應用練習

1. More and more[2] people begin to ***meditate on*** world peace[3].

✍

💬 mingle with ⓥ mingle water and alcohol
「與⋯⋯混合」or「使水與酒精混合」？

mingle with [ˈmɪŋgḷ wɪð] **與⋯⋯混合**

(易混淆片語) **mingle water and alcohol**
　　　　　使水與酒精混合

(應用例句)

1 wine 酒
2 falsehood 虛偽、
　假話
3 report 報告

» Why did he ***mingle*** the water ***with*** the wine[1]?

　他為何要把水和酒混在一起呢?

☞ 應用練習

2. He ***mingled*** truth ***with*** falsehood[2] in this report[3].

✍

💬 minimize the risk of Ⓥ run the risk of doing sth.

「降低……的風險」or「冒險做某事」?

minimize the risk of

[ˋmɪnəˏmaɪz ðə rɪsk ɑv] 減低……的風險

(易混淆片語) **run the risk of doing sth.**
冒險做某事

(應用例句)

» This measure[1] will help to ***minimize the risk of*** the stock market[2].
該項措施有助於減低股票市場的風險。

➡ 應用練習

3. Not putting[3] all your eggs in one basket can ***minimize the risk of*** investment[4].

✍

💬 minimum effort Ⓥ minimum wage

「最小的努力」or「最低工資」?

minimum effort [ˋmɪnəməm ˋɛfət]
最小的努力、最小的力氣

(易混淆片語) **minimum wage** 最低工資

(應用例句)

» You can do this with ***minimum effort*** by using the machine[1].
使用這台機器你就可以花費最少的力氣來做事了。

➡ 應用練習

4. The invention[2] helps people do their work[3] with ***minimum effort***.

✍

💬 nominate as 🆚 nominate a person to a position 「提名為……」or「任命某人任職」?

nominate as [ˋnɑməˌnet æz] **提名為……**

例句關鍵單字
1 believe 相信
2 president 主席、
　總統、校長
3 actor 男演員

(易混淆片語) **nominate a person to a position** 任命某人擔任某職

(應用例句)

» I can't believe[1] that he is ***nominated as*** president[2] so quickly.
我不敢相信，他居然如此快就被提名為主席。

☞ 應用練習

5. He has been ***nominated as*** the best actor[3] for five times.
☜ _____

Answers 中譯參考

1. 有愈來愈多的人開始深入地思考世界和平。
2. 他在報告中混淆真假。
3. 不要把所有雞蛋放在同一個籃子裡能降低投資風險。
4. 該項發明使得人們能夠用最少的力氣來做事情。
5. 他已經五次被提名為男主角了。

O—☞

💬 objective truth 🆚 objective reality 「客觀事實」or「客觀現實」?

objective truth [əbˋdʒɛktɪv truθ] **客觀事實**

例句關鍵單字
1 deny 否認、拒絕
2 scientist 科學家
3 seek 尋求
4 constantly 不斷地

(易混淆片語) **objective reality** 客觀現實

(應用例句)

» You can't deny[1] the ***objective truth*** before all of us.
你不能在所有人的面前否認客觀事實。

↱ 應用練習

1. A scientist[2] should seek[3] for ***objective truth*** constantly[4].

✍ _____

💬 obtain admission to ⓥ on sb.'s own admission 「獲准進入」or「自己承認」?

obtain admission to

[əbˈten ədˈmɪʃən tu] **獲准進入**

例句關鍵單字
1 exhibition 展覽
2 journalist 記者
3 White House 白宮

易混淆片語 on sb.'s own admission
據某人自己承認

應用例句

» He ***obtained admission to*** the exhibition[1] hall.
他獲准進入展覽館大廳。

↱ 應用練習

2. The journalist[2] ***obtained admission to*** the White House[3].

✍ _____

💬 on behalf of ⓥ on sb.'s behalf 「代表」or「以某人的名義」?

on behalf of [ɑn brˈhæf ɑv] **代表**

例句關鍵單字
1 attend 參加
2 conference 大會、會議
3 thank 感謝
4 family 家庭、家人

易混淆片語 on sb.'s behalf 以某人的名義

應用例句

» I will attend[1] the conference[2] ***on behalf of*** our company.
我將代表公司參加此次大會。

↱ 應用練習

3. I thank[3] you ***on behalf of*** my whole family[4].

✍ _____

💬 on demand 🆚 demand of
「一經要求」or「要求」？

on demand [ɑn dɪˋmænd] 一經要求

(易混淆片語) demand of 要求、索取

(應用例句)

» Is the check[1] you gave payable[2] _on demand_?
你給的是可以即時兌現的支票嗎？

☛ 應用練習

4. The products[3] will be delivered[4] to your door _on demand_.
✍

💬 on the contrary 🆚 quite the contrary
「相反地」or「恰恰相反」？

on the contrary [ɑn ðə ˋkɑntrɛrɪ]
相反地

(易混淆片語) quite the contrary 恰恰相反

(應用例句)

» She is not ugly[1]; _on the contrary_, she is quite beautiful[2].
她並不醜，相反地，她很漂亮。

☛ 應用練習

5. He didn't make any progress[3]; _on the contrary_, he fell behind[4] in his studies.
✍

💬 on the decrease 🆚 decrease to
「逐漸減少」or「減少到」?

on the decrease [ɑn ðə dɪˈkris] **逐漸減少**

(易混淆片語) **decrease to** 減少到

(應用例句)

» Is the population[1] of the world[2] *__on the decrease__*?
世界人口有在逐漸減少嗎?

📌 應用練習
6. Is the demand[3] of this product[4] *__on the decrease__*?
✍

<table>
<tr><td colspan="2">例句關鍵單字</td></tr>
<tr><td>1 population 人口</td></tr>
<tr><td>2 world 世界</td></tr>
<tr><td>3 demand 需求、要求</td></tr>
<tr><td>4 product 產品</td></tr>
</table>

💬 on the spur of the moment 🆚 spur on
「一時高興或衝動」or「鞭策」?

on the spur of the moment

[ɑn ðə spɝ ɑv ðə ˈmomənt] **一時高興或衝動**

(易混淆片語) **spur on** 鞭策……、激勵……

(應用例句)

» I bought[1] a computer[2] *__on the spur of the moment__*.
我一時衝動買了一台電腦。

📌 應用練習
7. She went to Paris[3] *__on the spur of the moment__*.
✍

<table>
<tr><td>例句關鍵單字</td></tr>
<tr><td>1 bought 買(buy 的過去式)</td></tr>
<tr><td>2 computer 電腦</td></tr>
<tr><td>3 Paris 巴黎</td></tr>
</table>

Answers 中譯參考
1. 科學家應該不斷地尋求客觀真理。
2. 這名記者獲准進入白宮。
3. 我代表我全家向你表示感謝。
4. 商品能應要求送貨到府。
5. 他並沒有進步,相反地,他學習退步了。
6. 市場對這個產品的需求有在減少嗎?
7. 她一時興起去了巴黎。

💬 on tiptoe ⓥⓢ from top to toe
「偷偷摸摸地」or「從頭到腳」？

on tiptoe [ɑn ˋtɪpˏto] 靜靜地、偷偷摸摸地

易混淆片語 **from top to toe**
從頭到腳、完完全全

應用例句

» He walked[1] *on tiptoe* into the bedroom[2]
late at night.
他深夜躡手躡腳地走進臥室。

↪ 應用練習

1. He left the bedroom *on tiptoe* so that he wouldn't disturb[3] his
wife[4].

✍

例句關鍵單字
1 walk 散步、步行
2 bedroom 臥室
3 disturb 打擾
4 wife 妻子

💬 out of all recognition ⓥⓢ meet with much recognition 「認不出來」or「大聲讚賞」？

out of all recognition

[aut ɑv ɔl ˏrɛkəgˋnɪʃən] 認不出來

易混淆片語 **meet with much recognition**
大受賞識、大受注意

應用例句

» The small city[1] we live has changed[2] *out of all recognition*.
我們居住的那個小城市已經變得不一樣了。

↪ 應用練習

2. The village[3] has changed *out of all recognition* these years.

✍

例句關鍵單字
1 city 城市
2 change 變化
3 village 村莊

out of mere freak 📖 vs a freak accident
「完全出於異想天開」or「反常的事故」？

out of mere freak [aʊt ɑv mɪr frik]
完全出於異想天開

例句關鍵單字

1 think 認為
2 fail 失敗

(易混淆片語) **a freak accident** 反常的事故

(應用例句)

» I think[1] the man did it ***out of mere freak***.
  我認為這個人做這事完全出於異想天開。

⤴ **應用練習**

3. He did it ***out of mere freak***, so he failed[2].
👍

overwhelmed by 📖 vs be overwhelmed by grief 「被淹沒」or「傷心至極」？

overwhelmed by [ˌovɚˈhwɛlmd baɪ]
被淹沒

例句關鍵單字

1 whole 整個
2 village 村莊
3 flood 洪水
4 square 廣場

(易混淆片語) **be overwhelmed by grief**
           傷心至極

(應用例句)

» The whole[1] village[2] is ***overwhelmed by*** the flood[3].
  整個村莊都被洪水淹沒了。

⤴ **應用練習**

4. The square[4] was ***overwhelmed by*** a great mass of water.
👍

Answers 中譯參考

> 1. 他躡手躡腳地離開臥室以免打擾到妻子。
> 2. 這些年那個小村莊已經變得認不出來了。
> 3. 他做這些事完全是出於異想天開，因此失敗了。
> 4. 廣場被大水淹沒了。

Q 一

quake with vs quake like an aspen leaf
「發抖」or「全身發抖」?

quake with [kwek wɪð] 發抖

(易混淆片語) **quake like an aspen leaf**
全身發抖

1 stand 站立
2 fear 害怕
3 happen 發生
4 bus 公車

(應用例句)

» The little kid stood[1] there *quake with* fear[2] when it happened[3].
事情發生時，小孩站在那嚇得直發抖。

♪ 應用練習

1. I was *quaking with* cold while waiting for a bus[4].

---

quiver with fear vs all of a quiver
「害怕地顫抖」or「渾身哆嗦」?

quiver with fear [ˈkwɪvɚ ɪn fɪr]
害怕地顫抖

(易混淆片語) **all of a quiver**
渾身哆嗦、心情十分緊張

(應用例句)

1 everybody 每個人
2 gangster 歹徒
3 gun 槍
4 aim at 瞄準

» Everybody[1] is *quivering with fear* when facing the gangsters[2].
面對這幫歹徒，每個人都害怕地顫抖。

♪ 應用練習

2. He was *quivering with fear* when a gun[3] was aimed at[4] him.

Answers 中譯參考

1. 我等公車的時候，冷得發抖。
2. 當槍指著他的時候，他害怕地顫抖。

R —

💬 reach an accommodation vs reach an agreement 「達成和解」or「達成協定」?

reach an accommodation

[ritʃ æn əˈkɑməˈdeʃən] **達成和解**

易混淆片語 reach an agreement 達成協定

應用例句

» The two countries[1] failed[2] to ***reach an accommodation***.
兩國並沒有達成和解。

應用練習

1. The country ***reached an accommodation*** with its neighboring[3] country.

例句關鍵單字

1 country 國家
2 fail 失敗、不能
3 neighboring 鄰近的

💬 reckon as vs reckon in 「被認為」or「計及」?

reckon as [ˈrɛkən æz] **被認為**

易混淆片語 reckon in 計及、將……算入

應用例句

» His book is ***reckoned as*** the best[1] book of the year.
他的書被認為是本年度最好的一本書。

應用練習

2. The picture[2] is ***reckoned as*** his masterpiece[3].

例句關鍵單字

1 best 最好的
2 picture 圖畫
3 masterpiece 傑作、代表作

💬 recover from ⓥ recover consciousness
「從疾病或非常態狀況中恢復」or「恢復知覺」?

recover from [rɪˋkʌvɚ frɑm]
從疾病或非常態狀況中恢復

(易混淆片語) **recover consciousness**
　　　　　　恢復知覺

(應用例句)

» Do you think the market[1] will ***recover from*** the financial crisis[2]?
你覺得市場會從金融危機中恢復過來嗎?

↪ 應用練習

3. I am informed[3] that the child has ***recovered from*** the illness[4].
🖐

(例句關鍵單字)
1 market 市場
2 financial crisis 金融危機
3 inform 告知、通知
4 illness 疾病

💬 retreat from ⓥ be in full retreat
「迴避」or「全面撤退」?

retreat from [rɪˋtrit frɑm]　迴避、退出

(易混淆片語) **be in full retreat**　全面撤退

(應用例句)

» The driver[1] can't ***retreat from*** the responsibility[2] in this accident.
司機不能迴避在事故中的責任。

↪ 應用練習

4. The troops[3] are not allowed to ***retreat from*** the battlefield[4].
🖐

(例句關鍵單字)
1 driver 司機
2 responsibility 責任
3 troop 部隊
4 battlefield 戰場

💬 revolt against 🆚 in revolt against
「厭惡」or「反抗」?

revolt against [rɪˋvolt əˋgɛnst]
厭惡、反感

(易混淆片語) **in revolt against** 反抗

(應用例句)

» We **_revolt against_** the way those workers[1] is being treated[2].
我們對那些工人們所受的待遇感到厭惡。

⤳ **應用練習**

5. I am **_revolted against_** her bad habit[3] of eating leftovers[4].

✑

例句關鍵單字
1 worker 工人
2 treat 對待
3 habit 習慣
4 leftovers 剩飯、剩餘物

💬 revolve around 🆚 revolve in the mind
「繞著……旋轉」or「盤算」?

revolve around [rɪˋvɑlv əˋraʊnd]
繞著……旋轉

(易混淆片語) **revolve in the mind**
盤算、反覆思考

(應用例句)

» The ancient[1] people didn't think the earth[2] **_revolves round_** the sun.
古代的人並不認為地球繞著太陽轉。

⤳ **應用練習**

6. Many moons **_revolve round_** the major[3] planet[4].

✑

例句關鍵單字
1 ancient 古代的
2 earth 地球
3 major 主要的
4 planet 行星

🗨 reward sb. for ⓥ reward a service
「因……獎賞某人」or「酬謝功勞」？

reward sb. for [rɪˈwɔrd ˈsʌmˌbɑdɪ fɔr]
因……獎賞某人

(易混淆片語) **reward a service** 酬謝功勞

(應用例句)

» The company will ***reward him for*** his
  excellent[1] performance[2].
  公司將對他的出色表現給予獎賞。

☛ 應用練習

7. The boss[3] will for sure ***reward you for*** doing a great[4] job.

🖎

Answers 中譯參考

1. 該國與鄰國和解了。
2. 這幅畫被認為是他的傑作。
3. 我被告知孩子已經恢復健康了。
4. 部隊不被允許撤出戰場。
5. 我很討厭她吃剩飯的不良習慣。
6. 很多衛星圍繞著這顆大行星旋轉。
7. 你做得很棒，老闆肯定會獎賞你的。

S 🐍

💬 scrape away ⒱ manage to scrape a living
「刮落」or「設法謀生」？

scrape away [skrep əˈwe]　刮落

例句關鍵單字
1 old 老的、舊的
2 moss 苔蘚
3 bench 長凳

易混淆片語 **manage to scrape a living**
設法謀生、勉強過活

應用例句

» I will *scrape away* the dirt on the old[1] doormat.
我會把這舊的腳踏墊上頭的泥土刮掉。

📌 應用練習

1. Can you *scrape away* the moss[2] on the stone bench[3]?
🖎

💬 scratch about for ⒱ from scratch
「到處搜尋」or「從零開始」？

scratch about for [skrætʃ əˈbaʊt fɔr]
到處搜尋

例句關鍵單字
1 tramp 流浪漢
2 place 地方
3 homeless 無家可歸的
4 shelter 庇護、避難所

易混淆片語 **from scratch**
從零開始、從無到有

應用例句

» The tramp[1] is *scratching about for* a place[2] to sleep at night.
那名流浪漢正在到處尋找睡覺的地方。

📌 應用練習

2. The homeless[3] boy was *scratching about for* a place to shelter[4].
🖎

💬 **show an aptitude for...** ⑤ **have an aptitude for**

「有……的才能」or「有……的天性」?

show an aptitude for...

[ʃo æn ˈæptətjud fɔr] 有……的才能

1 kid 小孩
2 language 語言
3 choose 選擇
4 music 音樂

易混淆片語 **have an aptitude for**
有……的天性、有……的才能

應用例句

» The teacher said that the kid[1] **_showed an aptitude for_** language[2].
老師說這個小孩很有語言天賦。

↱ 應用練習

3. They chose[3] him because he **_showed an aptitude for_** music[4].
✍

💬 **show an open hostility to...** ⑤ **feelings of hostility**

「對……表示公開的敵意」or「敵意」?

show an open hostility to...

[ʃo æn opən ˈhɑsˌtɪlətɪ tu]
對……表示公開的敵意

例句關鍵單字

1 right 對的
2 school 學校
3 roommate 室友

易混淆片語 **feelings of hostility** 敵意

應用例句

» It is not right[1] for you to **_show an open hostility to_** him at school[2].
你在學校對他表示敵意是不對的。

↱ 應用練習

4. They **_showed an open hostility to_** their new roommate[3].
✍

💬 sketch out ⓥ sketch in
「草擬」or「粗略地添加」？

sketch out [skɛtʃ aut]
(1) 草擬 (2) 概略地敘述

(易混淆片語) **sketch in**
粗略地添加、簡略地補充

(應用例句)

» The mayor[1] let him ***sketch out*** proposals[2] for a new railroad[3].
市長讓他草擬修建新鐵路的計畫。

↱ 應用練習

5. He ***sketched out*** what he had done in the past[4] five years.
🖎

💬 slap sb. in the face ⓥ slap sb. on the shoulder 「打耳光」or「拍肩膀」？

slap sb. in the face
[slæp ˈsʌmˌbɑdɪ ɪn ðə fes] **打耳光**

(易混淆片語) **slap sb. on the shoulder**
拍某人肩膀

(應用例句)

» You can't ***slap him in the face*** for he is just a kid[1].
你不能打他耳光，他還只是個孩子。

↱ 應用練習

6. She ***slapped him in the face*** when hearing[2] such insulting[3] remarks[4].
🖎

Answers 中譯參考

1. 你能把石凳上的苔癬刮掉嗎？
2. 這個無家可歸的男孩正在四處尋找容身之處。
3. 他們選他是因為他很有音樂方面的天賦。
4. 他們對新來的室友表示公開的敵意。
5. 他簡單地描述了過去五年裡自己所做的事情。
6. 聽到如此侮辱性的話語，她打了他一耳光。

💬 snarl (sth.) up ⓥⓢ snarl a threat
「混亂」or「咆哮著威脅」？

snarl (sth.) up [snɑrl̩ ˈsʌmθɪŋ ʌp]

（使某物）混亂、阻塞、糾結在一起等

(易混淆片語) **snarl a threat** 咆哮著威脅

例句關鍵單字
1 monitor 監視
2 material 材料
3 traffic 交通
4 centre 中心

(應用例句)

» Someone should monitor[1] the machine and don't let it **_snarl_** the material[2] **_up_**.
應該有人來監視機器運作，不要讓它把材料都攪在一起。

↪ 應用練習

1. Too much traffic[3] has **_snarled up_** the whole business centre[4].
✍

💬 snatch away ⓥⓢ make a snatch at
「奪取」or「伸手想掠取」？

snatch away [snætʃ əˈwe] 奪取

(易混淆片語) **make a snatch at** 伸手想掠取

例句關鍵單字
1 little 小的
2 want 想要

(應用例句)

» The little[1] kid wants to **_snatch_** the Teddy Bear **_away_** from his friend.
這個小孩子想從他的朋友手中把泰迪熊奪過來。

↪ 應用練習

2. You cannot **_snatch_** what you want[2] **_away_** from her.
✍

💬 sneeze at 🆚 not to be sneezed at
「輕視」or「不可輕視」？

sneeze at [sniz æt] **輕視**

例句關鍵單字

1 sum 金額、總數
2 prize 獎金
3 dollar 美元

（易混淆片語） **not to be sneezed at**
不可輕視、尚過得去

（應用例句）

» The sum[1] of money your father gave is
  not to be ***sneezed at***.
  你爸爸給的那筆錢可不是小數目。

☞ 應用練習

3. The prize[2] of 10,000 dollars[3] is not to be ***sneezed at***.

✍

💬 sniff at 🆚 sniff out 「嗤之以鼻」or「發現」？

sniff at [snɪf æt] **嗤之以鼻**

例句關鍵單字

1 why 為什麼
2 proposal 提議
3 idea 想法、主意

（易混淆片語） **sniff out** 發現、尋找

（應用例句）

» I don't know why[1] you ***sniffed at*** his
  proposal[2].
  我不明白你為何對他的提議嗤之以鼻。

☞ 應用練習

4. One cannot ***sniff at*** others' idea[3] as one pleases.

✍

Answers 中譯參考

1. 過多的車輛把整個商業中心堵得水洩不通。
2. 你不能從她那裡奪走你想要的東西。
3. 一萬美元的獎金可不是小數目。
4. 一個人不能隨意對別人的想法嗤之以鼻。

💬 split away ⓥ split with sb.
「分裂」or「與人鬧翻」?

split away [splɪt əˈwe] **分裂、分離**

例句關鍵單字

1 labor union 工會
2 member 成員
3 club 俱樂部

（易混淆片語）**split with sb.** 和某人鬧翻

（應用例句）

» Some people have ***split away*** from the labor union[1].
有些人已經脫離工會了。

↱ 應用練習

1. Several members[2] have ***split away*** form the club[3].

✍

💬 stack up ⓥ be stacked with
「總結」or「堆滿」?

stack up [stæk ʌp] **總結**

例句關鍵單字

1 tell 告訴
2 at present 目前
3 product 產品

（易混淆片語）**be stacked with** 堆滿

（應用例句）

» Can you tell[1] me how things ***stack up*** at present[2]?
請告訴我目前的情況大概是怎樣？

↱ 應用練習

2. How does your product[3] ***stack up*** against those of theirs?

✍

💬 stare at sb. in irritation ⒱ stare sb. up and down

「氣惱地看著某人」or「上下打量某人」?

stare at sb. in irritation

[stɛr æt ˋsʌmˌbɑdɪ ɪn ˌɪrəˋteʃən]

氣惱地看著某人

(易混淆片語) **stare sb. up and down**
上下打量某人

(應用例句)

» He *stared at her in irritation* and didn't say anything[1] at all.
他氣惱地看著她，什麼也沒說。

📌 應用練習

3. Mom *stared at me in irritation* because I dirtied[2] the floor[3].

✍

例句關鍵單字
1 anything 任何東西
2 dirty 弄髒
3 floor 地板

💬 stay a while ⒱ make a long stay

「停留片刻」or「長住」?

stay a while [ste ə hwaɪl] 停留片刻

(易混淆片語) **make a long stay**
長住、長期逗留

(應用例句)

» I want to *stay a while* for I am so tired[1].
我想在這停留片刻，因為我實在太累了。

📌 應用練習

4. Please *stay a while* and I have something[2] to show[3] you.

✍

例句關鍵單字
1 tired 累的、疲憊的
2 something 某事、某物
3 show 展示

Answers 中譯參考

1. 幾個成員已經脫離俱樂部了。
2. 你們的產品與他們的相比怎麼樣呢？
3. 媽媽氣惱地看著我，因為我把地板弄髒了。
4. 請停留片刻，我有樣東西要給你看。

💬 stoop to 🆚 stoop (down) to pick sth. up
「墮落」or「彎腰拾起某物」?

stoop to [stup tu] 墮落

例句關鍵單字
1 never 從不
2 nothing 什麼也沒有
3 steal 偷

(易混淆片語) stoop (down) to pick sth. up
彎腰拾起某物

(應用例句)

» I would never[1] **_stoop to_** stealing even if I had nothing[2] to eat.
即使沒有吃的，我也決不會墮落到去偷東西。

➷ 應用練習

1. He would never **_stoop to_** stealing[3] money.
🖎

💬 surrender oneself to 🆚 the surrender of one's claim
「屈服於」or「放棄自己的權利」?

surrender oneself to
[sə`rɛndə wʌn`sɛlf tu] 屈服於

例句關鍵單字
1 police 員警
2 evidence 證據
3 enemy 敵人

(易混淆片語) the surrender of one's claim
放棄自己的權利

(應用例句)

» He won't **_surrender himself to_** the police[1] without evidence[2].
沒有證據，他是不會去向警方自首的。

➷ 應用練習

2. We will never **_surrender ourselves to_** our enemies[3].
🖎

Answers 中譯參考

1. 他是絕對不會墮落到去偷錢的。
2. 我們絕不向敵人屈服。

T—🎯

💬 terrify into 🆚 put the fear of god into someone 「恐嚇」or「使懼怕」？

terrify into [ˈtɛrəˌfaɪ ˈɪntu] 恐嚇

易混淆片語 **put the fear of god into someone** 使懼怕

應用例句

» The robber[1] **_terrified_** the employee[2] **_into_** handing over the money.
強盜恐嚇這名員工把錢交出來。

↪ 應用練習

1. The gangsters[3] **_terrified_** her **_into_** keeping quiet[4] about it.
✍

例句關鍵單字

1 robber 強盜
2 employee 員工
3 gangster 歹徒
4 quiet 安靜的

💬 the discomforts of 🆚 the discomforts of travel 「……的不適」or「旅途的困苦」？

the discomforts of [ðə dɪsˈkʌmfəts ɑv] ……的不適

易混淆片語 **the discomforts of travel** 旅途的困苦

應用例句

» I want to take a day off because of **_the discomforts of_** air travel[1].
我因為搭飛機而感到不適想請假一天。

↪ 應用練習

2. He has to stay[2] at home today because of[3] **_the discomforts of_** camping[4].
✍

例句關鍵單字

1 air travel 航空旅行
2 stay 逗留、待
3 because of 因為
4 camping 露營、野營

💬 tick off 🆚 on the tick
「惱怒」or「極為準時地」？

tick off [tɪk ɔf] **惹惱**

例句關鍵單字

1 pass 通過
2 late 遲到的
3 again 再一次

易混淆片語 **on the tick** 極為準時地

應用例句

» Your father will be ***ticked off*** if you don't pass[1] the exam this time.
如果你再不通過考試，你爸爸就要對你發火了。

⤴ 應用練習

3. The teacher will be ***ticked off*** if you are late[2] again[3].
🖋

💬 to be precise 🆚 at that precise moment
「準確地講」or「恰好在那時刻」？

to be precise [tu bi prɪˈsaɪs] **準確地講**

例句關鍵單字

1 thirty 三十
2 hall 大廳
3 lake 湖
4 mile 英里

易混淆片語 **at that precise moment**
恰好在那時刻

應用例句

» There are thirty[1] people in the hall[2], ***to be precise***.
準確地講，大廳裡有三十個人。

⤴ 應用練習

4. The lake[3] is eight miles[4] wide, ***to be precise***.
🖋

💬 to one's disgust 🆚 in disgust
「令人掃興」or「厭惡地」？

to one's disgust [tu wʌns dɪsˈgʌst]
令人掃興

例句關鍵單字

1 know 知道、認識
2 arrive 到達
3 boring 無聊的
4 party 聚會

(易混淆片語) **in disgust** 厭惡地

(應用例句)

» **To my disgust**, there was no one I know[1]
when I arrived[2] there.
我抵達時發現沒任何認識的人，真令人掃興。

➤ 應用練習
5. **To my disgust,** he always says something boring[3] at the party[4].
🖎 _____

💬 triumph over 🆚 in triumph
「擊敗」or「得意洋洋地」？

triumph over [ˈtraɪəmf ˈovɚ] **擊敗、戰勝**

例句關鍵單字

1 bear in mind 記
住、考慮到
2 justice 正義
3 believe 相信
4 adversary 對手、
敵手

(易混淆片語) **in triumph** 得意洋洋地

(應用例句)

» Bear in mind[1] that justice[2] will **triumph
over** injustice.
記住：正義必將戰勝不義。

➤ 應用練習
6. Do you believe[3] that he will **triumph over** his adversary[4]?
🖎 _____

Answers 中譯參考

1. 歹徒恐嚇她對此事保持沉默。
2. 他因為露營而不適今天必須在家休息。
3. 你要是下次再遲到，老師就要發火了。
4. 準確地講，這個湖有八英里寬。
5. 令我掃興的是他總在聚會上説些無聊的話。
6. 你相信他會戰勝對手嗎？

U—😀

💬 **under construction** 🆚 **put a false construction on**
「在建設中」or「故意曲解」?

under construction

[ˈʌndɚ kənˈstrʌkʃən] **在建設中**

(易混淆片語) **put a false construction on**
故意曲解

(應用例句)

例句關鍵單字

1 teaching building
教學大樓
2 road 馬路
3 finish 完成

» The new teaching building[1] is still ***under construction***.
新的教學大樓還在建設之中。

➡ 應用練習

1. The road[2] is ***under construction***, but will be finished[3] in July.
✍

💬 **under no circumstances** 🆚 **in reduced circumstances**
「在任何情況下都不」or「拮据的境遇」?

under no circumstances

[ˈʌndɚ no ˈsɝkəmˌstænsɪs] **在任何情況下都不**

(易混淆片語) **in reduced circumstances**
拮据的境遇、窮困

(應用例句)

例句關鍵單字

1 cheat 欺騙
2 others 別人、其他
人
3 help 幫助

» I won't cheat[1] others[2] ***under no circumstances***.
在任何情況下我都不會去欺騙別人。

➡ 應用練習

2. ***Under no circumstances*** should you help[3] him.
✍

💬 under the impression ⓥⓢ make no impression on
「得到……印象」or「對……無影響」?

under the impression

[ˈʌndɚ ðə ɪmˈprɛʃən] 得到……印象

(易混淆片語) make no impression on
　　　　　對……無影響

(應用例句)

» I was ***under the impression*** that he was the director[1].
我以為他是主管。

↗ 應用練習

3. We are ***under the impression*** that your price[2] is higher[3] than theirs.

✍

💬 uphold the heritage of... ⓥⓢ uphold a verdict 「堅持……的傳統」or「支援某項裁決」?

uphold the heritage of...

[ʌpˈhold ðə ˈhɛrətɪdʒ ɑv] 堅持……的傳統

(易混淆片語) uphold a verdict 支援某項裁決

(應用例句)

» How did they ***uphold the heritage of***
Muslim[1] all these years?
他們這麼多年來如何堅持穆斯林傳統的?

↗ 應用練習

4. The people are required[2] to ***uphold the heritage of*** the town[3].

✍

例句關鍵單字

1 Muslim 穆斯林
2 require 要求
3 town 小鎮

💬 up the creek ⓥ up to now
「遇上麻煩」or「到目前為止」?

up the creek [ʌp ðə krik] 遇上麻煩

例句關鍵單字

(易混淆片語) up to now 到目前為止

1 make profit 盈利
2 really 真的
3 cell phone 手機

(應用例句)

» We'll be ***up the creek*** if we cannot make profit[1] this year.
如果今年還不能盈利的話，我們就麻煩了。

↬ 應用練習

5. I'm really[2] ***up the creek*** without my cell phone[3].
🖙

💬 urge sb. to do sth. ⓥ urge against
「催某人做某事」or「極力反對」?

urge sb. to do sth.

[ɝdʒ ˈsʌmˌbɑdɪ tu du ˈsʌmθɪŋ] 催某人做某事

1 finish 完成
2 paper 論文
3 arrive 到達
4 hospital 醫院

(易混淆片語) urge against 極力反對

(應用例句)

» My teacher ***urged me to*** finish[1] my papers[2] quickly.
老師催促我快點完成論文。

↬ 應用練習

6. He ***urged us to*** arrive[3] at the hospital[4] at once.
🖙

💬 utter a word Ⓥⓢ an utter refusal
「開口説話」or「斷然拒絕」？

utter a word [ˈʌtɚ ə wɝd] **開口説話**

(易混淆片語) **an utter refusal** 斷然拒絕

1 hear 聽到
2 news 消息
3 office 辦公室
4 angrily 生氣地

(應用例句)

» He couldn't ***utter a word*** when he heard[1] such great news[2].
當他聽到這個好消息的時候，他連話都説不出來了。

👉 **應用練習**

7. She left the office[3] angrily[4] before he could ***utter a word***.

🖎 _____

Answers 中譯參考

1. 這條馬路正在建設當中，但是會在七月份完工。
2. 你無論如何都不該幫助他。
3. 我們以為你們的價格比他們的要高。
4. 人們被要求固守小鎮的傳統。
5. 沒有手機，我真的不方便。
6. 他催促我們馬上趕到醫院去。
7. 他還沒有開口説話，她就生氣地離開了辦公室。

V—㊙

💬 verbal abuse ⓥⓢ verbal evidence
「言語傷害」or「證言」?

verbal abuse [ˈvɝbḷ əˈbjuz] **言語傷害**

(易混淆片語) **verbal evidence** 證言

(應用例句)

» Some kids have suffered from[1] *verbal abuse* at school[2].

有些小孩在學校受到了言語傷害。

☝ 應用練習

1. *Verbal abuse* can hurt[3] people's feelings though it is invisible[4].

Answers 中譯參考

1. 雖然言語傷害是無形的，但是它會使人們的感情受傷。

W

💬 walk away in resentment ⓥⓢ bear a resentment against sb.
「忿忿地走開」or「怨恨某人」？

walk away in resentment

[wɔk əˈwe ɪn rɪˈzɛntmənt] **忿忿地走開**

(易混淆片語) **bear a resentment against sb.** 怨恨某人

(應用例句)

» He couldn't persuade[1] her, so he ***walked away in resentment***.
他說服不了她，只好忿忿地走開。

↱ 應用練習

1. He ***walked away in resentment*** when he saw his friend[2] talking with his adversary[3].

✍ _____

💬 wary of ⓥⓢ keep a wary eye on sb.
「小心」or「密切關注某人」？

wary of [ˈwɛrɪ ɑv] **小心**

(易混淆片語) **keep a wary eye on sb.** 密切注意某人

(應用例句)

» You should teach[1] the child to be ***wary of*** strangers[2].
你應該教育小孩子要小心陌生人。

↱ 應用練習

2. You should be very ***wary of*** words that flatter[3] you.

✍ _____

💬 whirl round ⓥ the social whirl
「旋轉」or「一連串社交活動」?

whirl round [hwɝl raʊnd] 旋轉

(易混淆片語) **the social whirl**
一連串的社交活動

(應用例句)

> » It will make me dizzy[1] if you let me
> **_whirl round_** on the stage[2].
> 如果你讓我在舞臺上轉，我會感到頭暈。

👉 應用練習

3. A fighter plane[3] is **_whirling round_** over this city.
👈

例句關鍵單字
1 dizzy 頭暈的
2 stage 舞臺
3 fighter plane 戰鬥 機

💬 willing to compromise ⓥ compromise sb.'s reputation
「願意妥協」or「損害某人名譽」?

willing to compromise

[ˈwɪlɪŋ tu ˈkɑmprəˌmaɪz] 願意妥協

(易混淆片語) **compromise sb.'s reputation** 損害某人的名譽

(應用例句)

> » The government[1] is not **_willing to compromise_** with terrorists[2].
> 政府不願與恐怖分子妥協。

👉 應用練習

4. The two sides are not **_willing to compromise_** on this matter[3].
👈

例句關鍵單字
1 government 政府
2 terrorist 恐怖分子
3 matter 事情

📣 win sb.'s consent ⓥ wring consent from sb.
「贏得某人同意」or「強迫某人同意」？

win sb.'s consent

[wɪn ˈsʌmˌbɑdɪs kənˈsɛnt]　**贏得某人的同意**

例句關鍵單字

1 proposal 提議
2 bill 議案
3 already 已經

(易混淆片語) **wring consent from sb.**
　　　　　強迫某人同意

(應用例句)

» The proposal[1] has ***won the committee's consent***.
　這個提議已經贏得了委員會的同意。

↪ 應用練習

5. The bill[2] has already[3] ***won the congress' consent***.

🖎 _____

📣 with accuracy ⓥ firing accuracy
「精確地」or「射擊命中率」？

with accuracy [wɪð ˈækjərəsɪ]

精確地、準確地

例句關鍵單字

1 predict 預言
2 impossible 不可能的
3 injured 受傷的

(易混淆片語) **firing accuracy** 射擊命中率

(應用例句)

» It is said that he can predict[1] anything
with great ***accuracy***.
　據說他可以極準確地預言任何事情。

↪ 應用練習

6. It is impossible[2] to say ***with accuracy*** how many are injured[3].

🖎 _____

Answers 中譯參考

1. 看見朋友正和自己的對手說話，他忿忿地走開了。
2. 你要十分小心那些奉承你的話。
3. 一架戰鬥機正在城市上空盤旋。
4. 雙方都不願意就此事妥協。
5. 該議案已經獲得了國會的同意。
6. 說不準有多少人受傷。

💬 with caution 🆚 for caution's sake
「謹慎」or「為慎重起見」?

with caution [wɪð ˈkɔʃən] 謹慎

(易混淆片語) for caution's sake 為慎重起見

(應用例句)

» Please drive[1] *__with caution__* in foggy[2] weather[3].
霧天的時候要小心駕車。

👉 應用練習

1. He is told to proceed[4] *__with caution__* when he leaves.
✍

💬 with dispatch 🆚 send sth. by dispatch
「火速地」or「以快遞發送某物」?

with dispatch [wɪð dɪˈspætʃ] 火速地

(易混淆片語) send sth. by dispatch
以快遞發送某物

(應用例句)

» The force[1] must act *__with dispatch__* when the violence[2] happens.
當暴力事件發生時，軍隊必須迅速行動。

👉 應用練習

2. You can solve[3] many problems *__with dispatch__* if you have an assistant[4].
✍

💬 withdraw from... ⚡ withdraw from society 「從……退出」or「隱遁」?

withdraw from... [wɪðˋdrɔ frɑm]
從……退出、離開

易混淆片語 **withdraw from society** 隱遁

1 report 報導
2 area 地區
3 country 國家
4 decide 決定

應用例句

» It is reported[1] that most of US forces have ***withdrawn from*** this area[2].
據報導，大部分的美國部隊已經撤離該地區了。

↱ 應用練習

3. This country[3] hasn't decided[4] when to ***withdraw from*** here.

🖎

Answers 中譯參考

1. 他離開的時候，被囑咐要謹慎行事。
2. 有個助理的話，你就可以火速地處理很多問題。
3. 該國還未決定何時從這裡撤出。

語研力 *E086*

考試不失分，
破解最常用錯的英文片語

作 者	陳信宇
顧 問	曾文旭
出版總監	陳逸祺、耿文國
主 編	陳蕙芳
執行編輯	翁芯琍
美術編輯	李依靜
法律顧問	北辰著作權事務所

印 製	世和印製企業有限公司
初 版	2023 年 09 月
出 版	凱信企業集團 - 凱信企業管理顧問有限公司
電 話	（02）2773-6566
傳 真	（02）2778-1033
地 址	106 台北市大安區忠孝東路四段 218 之 4 號 12 樓
信 箱	kaihsinbooks@gmail.com

定 價	新台幣 320 元 / 港幣 107 元
產品內容	1 書

總 經 銷	采舍國際有限公司
地 址	235 新北市中和區中山路二段 366 巷 10 號 3 樓
電 話	（02）8245-8786
傳 真	（02）8245-8718

國家圖書館出版品預行編目資料

考試不失分，破解最常用錯的英文片語／陳信宇
著. – 初版. – 臺北市：凱信企業集團凱信企業管理
顧問有限公司，2023.09
面； 公分
ISBN 978-626-7354-02-5(平裝)

1.CST: 英語 2.CST: 慣用語

805.123　　　　　　　　　　112011700